講談社文庫

浮世の果て

影与力嵐八九郎

鳥羽 亮

目次

浮世《うきよ》の果て

影与力嵐八九郎

第一章　剣狼

1

清夜だった。十六夜《いざよい》の月が頭上で皓々《こうこう》とかがやき、土手に植えられている柳が、サワサワと枝葉を揺らしている。

町木戸のしまる四ツ（午後十時）ごろだった。神田川沿いにつづく柳原通りは、ひっそりとしていた。聞こえてくるのは、柳を揺らす風音だけである。

日中は古着を売る床店《とこみせ》が並び、人通りの多い通りなのだが、いまは人影もほとんど見られなかった。ときおり、通りかかるのは夜鷹か、柳橋辺りで飲んで帰る酔客ぐらいである。

岡っ引きの定造《さだぞう》は懐手《ふところで》をして、柳原通りを歩いていた。地面に落ちた短い影が踊るように跳ねている。

定造は四十代半ば、色の浅黒い目のギョロリとした男だった。その顔が赤黒く染まっている。定造は柳橋の馴染みの小料理屋、桔梗屋《ききょうや》で飲み、神田平永町《ひらながちょう》にある小間物屋へ帰るところだった。小間物屋は女房のお勝《かつ》にやらせている店である。

定造は機嫌がよかった。久し振りに二両もの大金が手に入り、ふところが暖かかったのだ。それに、桔梗屋の女将《おかみ》のおきよが、今夜はどういうわけか愛想がよく、うまい酒が飲めたからである。

ふと、定造は柳の樹陰にある人影を目にした。神田川にかかる和泉橋《いずみばし》のたもと近くの土手際に植えられている柳の陰である。ただ、暗くて、ぼんやりと人影が識別できるだけで、男か女かも分からなかった。

……夜鷹だろうよ。

定造は、不審を抱かなかった。夜更けに、通り沿いの樹陰で人を待っているとすれば、夜鷹と相場は決まっていた。それに、柳原通りは夜鷹が通行人の袖を引くことでも、知られていたのだ。

人影のある樹陰まで、半町（一町は約百九メートル）ほどだろうか。定造は足をとめずに歩いた。

しだいに、人影との距離が近付いてきた。黒い人影は樹陰から動かない。人影がはっきりしてきた。男のようである。

定造は不気味なものを感じた。まだ、人影が何者なのか分からなかったが、闇にひそんで通りかかる獲物を待っている獣のような気配がその身辺にあったからである。

……辻斬りか！

柳原通りには、ときおり辻斬りが出ることがあった。岡っ引きである定造は、そのことも知っていた。

だが、定造は足をとめなかった。辻斬りであったとしても、辻斬りが狙うのは金のありそうな商家の旦那か武士である。辻斬りの目的は金か腕試しであり、岡っ引きを狙うとは思えなかったのだ。

定造は、ふところにある十手を握りしめた。樹陰から出てきたら、十手を見せようと思ったのである。
五、六間（一間は約一・八メートル）に迫ったとき、人影が樹陰から通りに出てきた。月明りに浮かびあがった人影は、武士だった。二刀を帯びている。ただ、牢人であろう。顔ははっきりしなかったが、総髪で、黒っぽい着物を着流しているのが分かった。

牢人は定造に足早に近付いてきた。すこし前屈みの格好で迫ってくる姿が、獲物を追う狼を思わせた。

……っ、辻斬りだ！

定造は胸の内で叫んだ。

足がとまり、体が震えだした。それでも定造はふところから十手を取り出すと、近付いてくる牢人に見えるように十手をかざした。

だが、牢人は足をとめなかった。さらに、足が速くなり、すぐ間近に迫ってきた。面長で顎《あご》がとがっていた。双眸《そうぼう》が月光を映じて白くひかっている。

「や、やい！　この十手が目に入《へえ》らねえか」

定造はひき攣《つ》ったような声を上げた。

顔がこわばり、腰が引けている。心地好い酔いなど、ふっ飛んでしまった。

牢人は無言だった。すばやい寄り身で定造に迫りながら刀を抜いた。その刀身が月光を反射《はね》て、獣の長い牙のようにひかっている。

ヒイッ。

定造は喉のつまったような悲鳴を上げ、逃げようとしたが、恐怖で身が竦《すく》み、足が動かなかった。

牢人が急迫してきた。

定造の目に、牢人の黒い姿がおおいかぶさってくるように映った。

「た、助けて！」

定造が叫んだ瞬間、牢人の刀身が槍穂のように突き出された。

迅雷のような突きである。

切っ先が、定造の喉をつらぬき盆の窪に抜けた。

一瞬、定造の体が凍りついたようにつっ立った。悲鳴も呻《うめ》き声も上げなかった。顎を突き出し、両眼を目尻が裂けるほど見開いている。

牢人も突きの体勢のまま動きをとめた。だが、ほんの数瞬で、すぐに身を引きながら刀身を引き抜いた。

瞬間、定造の首筋から、血が赤い帯のようにはしった。首の血管《ちくだ》を斬ったのだ。夜陰のなかに勢いよく噴出した血が、一筋の帯のように見えるのだ。

ゆらっ、と定造の体が揺れ、腰からくずれるように転倒した。定造は倒れたまま動かなかった。わずかに四肢が痙攣《けいれん》しているだけである。

伏臥《ふくが》した定造の首筋からの噴血が地面をたたき、何か小動物でも這《は》っているような音をたてていた。

牢人は無表情だった。それでも、うすい唇がかすかに赤みを帯びていた。気が昂《たかぶ》っているからであろう。

牢人は倒れている定造のそばに屈み、袂《たもと》で刀身の血を拭ってから納刀した。そして、定造のふところに手を突っ込むと財布を抜き取った。

牢人は懐手をして、何事もなかったように飄然《ひょうぜん》とその場から歩き去った。

月光が淡い青磁色のひかりで柳原通りをつつんでいた。柳の枝葉を揺らす風のなかに、血の臭いがただよっている。

翌朝、柳原通りの土手際に人だかりができていた。通りすがりのぼてふり、風呂敷包みを背負った行商人、出職の職人らしい男、床店の親爺……。そうした人垣のなかほどに、岡っ引きと下っ引き、それに八丁堀同心の姿もあった。

同心は北町奉行所定廻《じょうまわ》り同心の菊池峰之助《きくちみねのすけ》だった。菊池は黄八丈の小袖に黒羽織の裾を帯にはさんでいた。巻羽織と呼ばれる八丁堀ふうの格好をしていたので、遠目にも町方同心と知れる。

菊池は三十がらみ、丸顔で細い目をしていた。倒れている定造の検屍をしていたのである。

「おい、死骸《ほとけ》を仰向けにしてみろ」

菊池が近くにいた岡っ引きに命じた。

「へい」

色の浅黒い毛虫眉の男が下っ引きらしい若い男とふたりで、伏臥している定造の死体を仰向けにした。

定造は恐怖に目を剝《む》いたまま死んでいた。首のまわりがどす黒い血に染まり、肉をえぐられた傷口からかすかに頸骨《けいこつ》が白く覗いている。

「首を一突きかい」

菊池の顔がこわばった。

「菊池の旦那、福寿屋《ふくじゆや》の番頭を殺《や》ったのと同じ下手人ですぜ」

毛虫眉の男が言った。

「そのようだな」

半月ほど前、日本橋本町にある薬種問屋、福寿屋の番頭、室蔵《むろぞう》がやはり柳原通りで、何者かに殺されていた。その室蔵も、喉を刃物で一刺しにされていたのである。

「やはり、辻斬りの仕業《しわざ》か」

そう言うと、菊池は立ち上がり、

「下手人を見た者がいるかもしれねえ。近くで聞き込んでみろ」

と、まわりに集まっていた岡っ引きたちに指示した。

「合点でさァ」

毛虫眉の岡っ引きが声を上げた。

すぐに、数人の岡っ引きが下っ引きを連れ、人垣を分けて散っていった。

2

両国広小路。西の橋詰は江戸でも屈指の盛り場で、今日も大勢の老若男女が行き交っていた。床店、芝居小屋、見世物小屋などが立ち並び、屋台の店や大道芸人などもいたるところに出ていた。見世物小屋の木戸番や大道芸人の客を呼ぶ声、町娘のおしゃべり、子供の泣き声、荷を積んだ大八車の軋《きし》む音、馬のいななき……。広小路の雑踏は騒音の坩堝《るつぼ》のようである。

広小路の大川端近くに、歌川寅次《うたがわとらじ》一座の見世物小屋があった。小屋のまわりは、「大坂下り、歌川寅次一座」「軽業《かるわざ》、二人娘乱杭渡《ふたりむすめらんぐいわたり》」などの幟《のぼり》が立ち、大川の川面を渡ってくる川風に揺れていた。

二人娘乱杭渡は軽業興行の演《だ》し物《もの》である。乱杭渡りというのは、高さを変えた杭の上を渡って見せるのだ。軽業としては、それほどめずらしい演し物ではなかったが、娘ふたりで杭を渡るのが、呼び物になっているようだ。

見世物小屋は丸太を組み、まわりに筵《むしろ》、菰《こも》、莫蓙《ござ》などを張っただけの簡易な建物である。ただ、小屋は大きく、間口は八間、奥行きは十間ほどもあった。軽業を見せる舞台と客を入れる場が必要なので、どうしても大きな造りになるのだ。

その小屋の裏手に楽屋があった。楽屋といっても、軽業に使う衣装類や小道具などの置き場も兼ねた狭い一角で、莫蓙や筵を垂らして仕切ってある。

その楽屋で、嵐八九郎《あらしやくろう》はひとり横になって居眠りをしていた。牢人ふうである。歳は二十五、総髪で無精髭《ぶしようひげ》がのびていた。面長で顔立ちはととのっていたが、どこか覇気がなく、物憂い雰囲気がただよっている。もっとも、朝のうちから、やることもなく横になって居眠りをしているのだから、そうした顔に見えても仕方がないだろう。

そのとき、楽屋の方から弾むような足音が聞こえた。だれか、来たらしい。

すぐに、莫蓙が撥《は》ね上がった。舞台や客席と裏手の楽屋を隔てるために垂れ下がっている莫蓙である。

顔を出したのは、お京《きよう》だった。軽身《かるみ》のお京と呼ばれる女軽業師だった。演し物になっている二人娘乱杭渡を見せているひとりである。歳は十七。小柄でほっそりとし、色白だった。まだ、少女のような顔をしている。身軽で、とんぼ返りや綱渡りを得意としていた。乱杭渡りもお京の得意とする技である。

「嵐さま、彦六《ひころく》さんが来てますよ」

お京が目を剝いて言った。

何か、事件でも嗅ぎ付けたような顔をしている。お京は見かけによらず好奇心が旺盛で、何にでも首をつっ込んでくるのだ。

「どこにいる」

八九郎は身を起こした。

彦六は岡っ引きだった。八九郎が使っている密偵のひとりでもある。何か事件があって、八九郎に知らせにきたのかもしれない。

八九郎はさえない牢人のような格好で、軽業一座に居候《いそうろう》をしているが、その実、北町奉行所の内《うち》与力だった。奉行は遠山《とおやま》左衛門尉《えもんのじょう》景元《かげもと》、巷《ちまた》では金四郎《きんしろう》と呼ばれ、市民から名奉行と謳《うた》われている男である。

遠山は北町奉行の就任にあたり、家臣のなかから腕の立つ八九郎を内与力とし、さらに市井《しせい》に潜伏して事件を探索することを命じた。遠山直属の隠密のような存在で、影与力とも呼ばれていた。北町奉行所内でも、八九郎が影与力としてひそかに事件の探索にあたっていることは、ごく限られた者しか知らなかった。

「舞台のそでに」

お京が八九郎に身を寄せて言った。

「ここへ来るよう言ってくれ」

木戸番も彦六の顔を知っていたので、小屋に入れてくれたのだろう。

「分かったわ」

お京はすぐに莫蓙を撥ね上げて、舞台の脇へむかった。

待つまでもなく、彦六が姿をあらわした。色の浅黒い剽悍《ひようかん》そうな身ごなしをしている。岡っ引きだが、ふだんは鼠取薬売りとして、江戸市中をまわっていた。密偵にはもってこいの仕事である。

「何かあったのか」

八九郎が訊いた。

すると、彦六は振り返って、お京に目をやった。お京が彦六のすぐ後ろで聞き耳を立てていた。彦六が、ここで、しゃべってもいいんですかい、といった顔をして八九郎を見た。

「かまわぬ」

実は、お京も八九郎の密偵のひとりだった。もっとも、お京自身はそう思っているが、他の密偵とちがって、舞台に立つ合間に八九郎の使い走りをする程度である。八九郎はお京を密偵などにしたくなかったのだが、八九郎の正体を知ったお京が勝手に密偵のように振る舞うようになったのである。

「柳原通りで、岡っ引きが殺られやした」

彦六が声をひそめて言った。

「だれだ」

「定造ってえやつでさァ」

「定造な」

名は聞いた覚えがあったが、顔は思い出せなかった。岡っ引きも大勢いる。それに、八九郎は奉行の遠山から密命を受けた事件しかかかわらなかったので、町方同心ほど岡っ引きの顔も知らなかったのだ。

「喉を一突きでさァ」

「なに、喉だと」

「へい」

「すると、福寿屋の番頭殺しといっしょか」

八九郎は、福寿屋の番頭の室蔵が喉を刺されて殺されたという話を聞いていた。ただ、死骸を拝んだわけではない。

「はっきりしねえが、傷口は同じようで」

彦六は、番頭の死骸も見ていたのだ。

「行ってみるか」

八九郎は刀を手にして立ち上がった。

「あたしも、行く」

お京が、彦六を押し退けるようにして身を乗り出してきた。

「乱杭渡りはどうするのだ。お初《はつ》だけでは、どうにもなるまい」

お京はお初という女軽業師と共演していたのだ。二人娘乱杭渡が、一座の興行の目玉である。中止というわけにはいかないのだ。

「乱杭渡りが、終わったら行くからね」

お京が、くやしそうに顔をしかめた。お京も、演し物をすっぽかすわけにはいかないことは分かっているのだ。

「好きにしろ。ただし、おれたちは一刻《とき》（二時間）もすれば、帰ってくるぞ」

柳原通りは近かった。一刻どころか、半刻(一時間)ほどで帰ってくるかもしれない。

八九郎と彦六は、小屋の後ろの筵の間から外へ出た。すこし遠まわりになるが、客席を通り抜けて外へ出るわけにはいかなかったのである。

五ツ半(午前九時)ごろであろうか。小屋の外には、春の陽射しが満ちていた。

大川の川面が陽を反射《はね》てまばゆいほどに輝いている。そのひかりのなかを客を乗せた猪牙舟《ちょきぶね》や艀《はしけ》などが、ゆっくりと行き来していた。ふだんと変わらない大川の春の光景がひろがっている。

3

「彦六、浜吉《はまきち》はどうした」

歩きながら八九郎が訊いた。

浜吉は彦六の使っている下っ引きである。ふだんは、剝き身売りだった。江戸は江戸湊《みなと》に面していたし、いたる所に河川や掘割があったので、貝類は豊富に採れた。そうしたこともあって、貝類を売り歩く者が多かったのだ。

浜吉は威勢のいい若者で、浅蜊《あさり》や蛤《はまぐり》の剝き身を売り歩いていた。浜吉も八九郎の密偵のひとりだった。ただし、直接使っているのは親分の彦六である。

「いまごろ、剝き身を売り歩いていやすよ」

彦六によると、まだ浜吉には何の話もしていないという。

「そうか」

彦六と浜吉は、他の岡っ引きや下っ引きとちがって、八九郎が事件にかかわらなければ、動かないのである。

ふたりはそんな話をしながら賑《にぎ》やかな広小路を抜け、柳原通りへ入った。柳原通りをいっとき歩いて、前方に和泉橋が見えてくると、

「旦那、あそこでさァ」

と、彦六が指差した。

見ると、土手寄りに人だかりがしていた。野次馬である。その人垣のなかに、ふたりの八丁堀同心の姿があった。

「ひとりは、小暮《こぐれ》ではないか」

小暮又三郎《またさぶろう》は、北町奉行所の隠密廻り同心だった。

南北の奉行所には市中を巡視し、犯罪者の捕縛や探索にあたる同心が、それぞれ十

二人いた。定廻り同心六人、臨時廻り同心六人である。そのほか、奉行に直属して秘密裡に動く、隠密廻りの者がふたりいた。小暮は隠密廻り同心のひとりである。そうした立場だったこともあって、小暮は八九郎が遠山の密命を受け、江戸市中で起こった事件をひそかに探索していることを知っていた。

他の同心は、八九郎が内与力であることは知っていたが、ひそかに事件を探索していることまでは知らなかった。

八九郎は影与力として町方が手を焼くような事件だけにかかわり、隠密廻り同心の上に立つような立場でもあったのだ。

「もうひとりは、菊池の旦那ですぜ」

彦六が言った。

八九郎は菊池のことも知っていた。同じ北町奉行所の定廻り同心である。

八九郎と彦六が人垣に近付くと、小暮と菊池が気付き、八九郎にちいさく頭を下げた。ふたりの足元に横たわっているのが、定造の死体らしかったが野次馬の人垣越しで、はっきり見えなかった。

八九郎が人垣の後ろから目をやっていると、小暮が近付いてきた。

「死骸《ほとけ》を見ますか」

と、小暮が小声で訊いた。

小暮は三十がらみ、面長で鼻が高く切れ長の細い目をしていた。やり手の同心だが、どことなく陰湿で酷薄な感じがする。隠密廻り同心ということもあって、下手人を情け容赦なく拷問にかけたり、捕縛したりするせいであろうか。

「見せてもらおう」

八九郎は、人垣を分けて小暮につづいた。彦六は無言で八九郎に跟《つ》いてきた。

八九郎は菊池と目を合わせると、

「ちょうど通りかかってな。見せてもらうぞ」

と、声をかけた。探索のために、足を運んで来たとは言えなかったのである。

「どうぞ、ご検屍を」

菊池は慌てて後じさった。与力が、直々《じきじき》に検屍しようというのだから、場をあけないわけにはいかないのだ。

定造は仰向けに倒れていた。なるほど、喉を刃物で突かれたような傷がある。他に傷はないようだ。下手人は、一突きで定造を仕留めたようである。

……下手人は武士だな。

と、八九郎は読み取った。刀で突きをみまったのである。手練《てだれ》とみていい。正確に喉を貫いている。

「下手人が遣《つか》ったのは、刀のようだな」

八九郎は菊池に聞こえるように声を大きくして言った。そんなことは、検屍の経験のあるふたりなら、死骸の傷を見ればすぐに分かるだろう。

それだけ言って、八九郎はすぐに死骸から離れた。野次馬たちに、町奉行所の者だと思われたくなかったのである。

八九郎と彦六が人垣から離れていると、小暮が近付いてきた。

「下手人の目星は？」

八九郎が小声で訊いた。

「それが、まったく」

小暮は表情のない顔で言った。いつも表情を動かさない。それが、冷たい感じを与えるのかもしれない。

「薬種問屋の番頭殺しと同じ手か」

「番頭も喉をやられてました」

「同じだな」

あれだけ見事な突きを遣う者は、そうざらにはいない。まず、下手人は同じと見ていいだろう。

「それがしも、そう見ました」

「何か奪われたのか」

「懐には何もありません。財布か巾着かを持っていたはずですが……」

「下手人が抜いたのか」

「そう見ています」

「だが、辻斬りとは思えんな」

八九郎が、薬種問屋の番頭はともかく、岡っ引きを狙う辻斬りはいないだろうと言い添えた。

「いかさま」

小暮がうなずいた。小暮も、辻斬りではないとみているようだ。

「となると、薬種問屋と定造のつながりが、何かあるはずだが？」

岡っ引きと薬種問屋の番頭がどうつながっているか分かれば、下手人も見えてくるかもしれない。

「いまのところ、何も出ていません」

小暮が言った。

「まァ、これからだな」

「ところで、嵐さまも、この件を？」

小暮にすれば、気になるところである。八九郎が事件の探索に乗り出せば、今後も連絡を密に取り合わねばならないのだ。

「いや、まだ、分からん。奉行には何も話してないからな」

「こちらで、勝手に探ってかまいませんか」

小暮が小声で訊いた。

「かまわん。……ただ、後で様子を話してもらうかもしれんぞ」

「承知しました」

小暮は、では、いずれ、と小声で言って、人垣の方へもどっていった。

八九郎は彦六を連れて、その場を離れた。見世物小屋にもどるつもりだった。

「旦那、あっしはどうしやす」

彦六が訊いた。

「どうなるか分からんが、念のため、定造と殺された番頭の身辺を洗ってみてくれ」

八九郎は、これだけで事件は終わらないような気がした。ふたりが殺されたのは、これから起こる事件の予兆のように思えたのである。

4

「親分、あれですぜ」

浜吉が通り沿いにある小体《こてい》な八百屋の脇を指差した。そこに、長屋へつづく路地木戸があった。

彦六と浜吉は、神田小柳町に来ていた。定造が使っていた房吉《ふさきち》という下っ引きが、この辺りの長屋に住んでいると聞いて足を運んできたのである。

彦六は柳原通りで八九郎と話した後、定造を洗うには手先から訊いてみるのが手っ取り早いと踏んで、浜吉も連れてきたのだ。

「念のために、八百屋で訊いてみるか」

見ると、八百屋の店先に親爺らしい男がいて、台の上に葱《ねぎ》を並べていた。脇の台には大根や平桶に入った豆類などが並んでいる。

「ちょいと、訊きてえことがあるんだがな」

彦六が親爺に声をかけた。

「何です」

親爺が無愛想な顔をした。客とは思わなかったようだ。

「そこに、長屋があるな」

彦六が長屋につづく路地木戸を指差した。

「徳兵衛店《とくべえだな》ですかい」

「そうだ。……徳兵衛店に、房吉って男がいると聞いてきたんだがな」

「いやすよ」

親爺によると、房吉は鳶職《とび》だが親分の手先をしていて、仕事に出ないことが多いという。おしげという女房がいるそうである。

「いまも、長屋にいるのかい」

「いるはずでさァ」

「房吉の親分のことで、何か聞いてねえかい」

彦六が訊くと、親爺が急に彦六に身を寄せ、

「房吉さんの親分が、柳原通りで殺されたらしいんでさァ」

と、声をひそめて言った。目に好奇の色があった。こうした類《たぐい》の話が好きなのかもしれない。

「へえ、そうかい」

彦六はとぼけてそう言った。

「何が、あったんですかね」

親爺の方で訊いてきた。

「さあな」

彦六は、手間をとらせたな、と言い置いて店先を離れた。親爺から、それ以上訊くことはなかったのである。

徳兵衛店は間口二間の古い棟割《むねわ》り長屋だった。路地木戸から入ってすぐの井戸端で、ふたりの女房が盥《たらい》で洗濯をしていた。彦六が女房に房吉の家を訊くと、南側の棟の二つ目の部屋だと教えてくれた。

行ってみると、二十歳前後と思われる丸顔の男が、座敷に胡座《あぐら》をかいて湯飲みで茶を飲んでいた。房吉らしい。土間の隅の流し場に女が立って、何か洗い物をしていた。女房のおしげだろう。

「ごめんよ」

彦六が腰高障子をあけて声をかけた。

房吉らしい男は驚いたような顔で、

「だれだい、おめえは」

と、訊いた。手にした湯飲みが顎の前にとまったままである。

流し場にいたおしげらしい女も振り返って、彦六と浜吉に目をむけた。面長で目の細い女だった。その顔に不安そうな色が浮いている。

「彦六って者《もん》だよ。……おめえが、房吉かい」

彦六が訊いた。

「おお、房吉だ。おれに、何か用かい」

房吉がつっかかるような物言いで訊いた。

「あっしは、定造親分と顔見知りなんだよ」

そう言って、彦六は懐に手をつっ込み、十手を取り出して見せた。

「お、親分さんですかい」

男は手にしていた湯飲みを置いて、慌てて立ち上がった。

そして、不安そうな顔で立っている女に、

「おしげ、親分さんとちょいと話してくるぜ」

と言って、彦六に首をすくめるように頭を下げ、戸口から外へ出た。女房に話を聞かせたくないらしい。

彦六たちは長屋の芥溜《ごみた》めの脇まで来て足をとめた。饐《す》えたような嫌な臭いがしたが、長屋の住人の目にはとまらない場所である。

「定造親分のことですかい」

房吉の方から切り出した。

「そうよ。何とか、下手人をつきとめてえんだ」

「あっしも、同じでさァ」

房吉が顔に怒りの色を浮かべた。

「それで、おめえ、下手人に心当たりはあるのかい」

彦六が訊いた。

「茂蔵《しげぞう》親分にも訊かれやしたが、まったく見当がつかねえんでさァ」

房吉が困惑したように顔をゆがめた。

茂蔵というのは、下谷《したや》界隈を縄張にしている岡っ引きである。彦六と同じように、定造の手先に訊くのが早いと踏んで、房吉の許に来たらしい。

「定造だが、何を探っていたか分かるか」

彦六は、定造がかかわっていた事件のことで殺されたのかもしれないと思ったのだ。

「それが、分からねえんでさァ。ちかごろ、親分から何の指図も受けていなかったもんで」

房吉が首をすくめるようにして言った。

「そうか」

彦六も、定造がかかわっていた事件のことは知らなかった。大きな事件なら、彦六の耳にも入っているはずである。

「ちょいと、気になることはありやしてね」

房吉が彦六を上目遣いに見ながら言った。

「何が気になるんだ」

「ここ四、五日、定造親分は、日本橋の丸木屋《まるきや》の若旦那のことで歩きまわってたらしいんでさァ」

房吉によると、定造は丸木屋にも何度か足を運んだようだし、若旦那の利之助《りのすけ》が贔屓《ひいき》にしている柳橋の料理屋にも行って話を聞いたらしいという。

房吉が気になって、定造に丸木屋のことを訊くと、これは、おれの頼まれごとで、おめえは手を出さなくていい、と言われたそうである。

「丸木屋というと、呉服屋か」

日本橋に、丸木屋という呉服屋の大店《おおだな》があった。奉公人が三十人ほどもいる店である。

「その丸木屋でさァ」

「利之助が、何かやったのかな」

彦六は、丸木屋のことも利之助のことも何も耳にしていなかった。

「さァ、あっしにも、親分が何を探ってたか分からねえんでさァ」

房吉が首をひねった。房吉にも、定造殺しとかかわりがあるかどうか分からないのだろう。

それから、彦六は定造のちかごろの様子を訊いたが、房吉から事件にかかわるようなことは聞き出せなかった。彦六は、定造の家が神田平永町の小間物屋であることを聞いてから長屋を出た。

八百屋のある通りへ出ると、

「親分、どこへ行きやす」

と、浜吉が訊いた。

「そうだな、丸木屋へ行ってみるか」

まだ、陽は高かった。丸木屋が店仕舞いする暮れ六ツ（午後六時）までに、日本橋まで足を伸ばして話を聞くことはできるだろう。

5

日本橋室町。表通りに、丸木屋は店を構えていた。土蔵造りの間口のひろい二階建ての店舗である。店の前には「呉服品々、丸木屋」と書かれた屋根看板が出ていた。繁盛しているらしく、絶えず武士や町人の客が出入りしている。

彦六と浜吉は丸木屋の暖簾《のれん》をくぐった。土間の先がひろい売り場になっていて、何人もの手代や丁稚《でっち》がせわしそうに立ち働いていた。

手代は客を相手に反物を見せたり、算盤《そろばん》を弾いたりしている。客と商談をしているようだ。丁稚は反物を運んだり、しまったりしている。奥の帳場では、番頭らしい男が帳場机で何か記帳していた。

「いらっしゃいまし」

手代らしい男が、彦六たちを目敏《めざと》く見つけて近寄ってきた。三十がらみ、赤ら顔の男である。男は愛想笑いを浮かべて上がり框《かまち》の近くに膝を折ると、

「手代の蓑吉《みのきち》でございます」

と、揉み手をしながら言った。

「若旦那の利之助のことで、話が聞きてえ」

彦六が蓑吉に顔を寄せ、小声で言った。他の客に聞こえないように気を使ったのである。

蓑吉の顔から愛想笑いが消え、戸惑うように視線が揺れた。咄嗟《とつさ》に、どうしていいか分からなかったらしい。それでも、すぐに笑みを浮かべて、

「親分さんですか」

と、小声で訊いた。

「そうだ。おれは彦六、こいつが浜吉だ」

彦六は脇に立っている浜吉の名も口にした。

「少々お待ちを」

蓑吉が、急いで帳場にいる番頭のそばへ行った。

すぐに、番頭が腰を上げた。そして、慌てた様子で彦六たちのそばに来ると、

「てまえは、番頭の徳蔵《とくぞう》でございます。お話をうかがいますので、お上がりになってくださいまし」

と、丁寧な物言いをして、彦六たちを上げた。

番頭が彦六たちを連れていったのは、帳場の奥の小座敷だった。そこは特別の客の

商談のための部屋らしかった。座布団や莨盆《たばこ》などが用意してある。

番頭は座敷に座らず、すぐに奥から主人の仁兵衛《にへえ》を連れてきた。彦六が利之助のことで話が聞きたいと言ったので、番頭は商売上のことではなく、主人の家族のことだと判断したようである。

それにしても、手際がよかった。すでに、定造のことを探っている岡っ引きが店に来て、仁兵衛から話を聞いているのかもしれない。

仁兵衛は対座すると、

「倅《せがれ》のことで、お手間を取らせて申し訳ございません」

と自分から言って、ちいさく頭を下げた。

仁兵衛は五十がらみであろうか。面長で鷲鼻だった。長身痩軀《そうく》で、すこし背が丸まっている。

「定造のことを知っているな」

彦六は、すぐに切り出した。

「は、はい……」

一瞬、仁兵衛の顔が困惑にゆがんだが、すぐに穏やかな表情にもどった。

「定造を殺した下手人に心当たりは？」

彦六は単刀直入に訊いた。まわりくどい言い方は必要ないと踏んだのである。

「そ、それが、奉行所の菊池さまにも訊かれたのですが、皆目見当がつきませんもので」

「菊池の旦那が……」

どうやら、北町奉行所の定廻り同心の菊池が、話を訊きにきたらしい。町方も本腰を入れて事件の探索に乗り出したようだ。

「ところで、利之助は何をやったんだ」

「な、何をやったと訊かれましても……」

仁兵衛は言いにくそうに顔をしかめた。

「定造が、利之助のことで何か探っていたと聞いてるがな」

彦六は仁兵衛を見すえて言った。

「いえ、てまえどもが、親分さんに頼んだのでございます」

「何を頼んだのだ」

「じ、実は……、倅の利之助が女に騙《だま》されまして……」

仁兵衛は声をつまらせながら、しきりに額《ひたい》を掌《て》でこすった。冷や汗を拭っているような仕草である。

「女に騙されただと」

「は、はい、お仙《せん》という女に誑《たぶら》かされまして……」

仁兵衛が話したところによると、利之助は柳橋の料理屋で飲んだ帰り、路傍で男に大声でなじられている女をかわいそうに思い、話を聞くと、男と擦《す》れ違った拍子に肩先が当たり、男が転んだという。

「着物が汚れちまったから、着物代を出せ！」

いきなり、男が利之助にむかって怒鳴り声を上げた。

利之助が、いくらか、と訊くと、一分《いちぶ》で勘弁してやるとのことだった。利之助は一分ぐらいならと思い、財布から一分銀を出して男に渡したという。

「助かりました。このご恩は忘れません」

お仙は、涙ながらに礼を言った。

月明りに浮かび上がったお仙の顔は、面長で肌が透き通ったように白く、目を見張るように綺麗だったという。

その場で、お仙からまた逢ってくれと言われた利之助は、すぐにのぼせ上がってしまい、お仙に問われるままに自分の名や丸木屋の倅であることなどを話した。

「その後、利之助はお仙と逢引《あいびき》するようになり、三度目に山下《やました》の出合茶屋に誘われたそうです」

山下というのは上野の寛永寺の山裾の地で、茶屋、料理屋、出合茶屋などが多いことでも知られている繁華街である。

「それでどうしたい？」

「利之助とお仙が、出合茶屋に腰を落ち着けたとき、突然、牢人が踏み込んできたそうです。そして、武士の女房を寝取るとは、どういうことだ、と凄み、その場で斬り捨てると言って刀を抜いたそうです」

仰天した利之助は、平謝りに謝った。牢人とはいえ、相手は武士の妻である。町人の身で武士の妻との不義が露見すれば、その場で妻もろとも斬り殺されても文句は言えないのだ。

利之助が謝るのを見て、牢人は、今夜のところは、五十両で見逃してやると言って、刀を納めたという。

「それで済めばよかったのですが、五十両渡して、十日ほどすると、今度は百両出せと言ってきました。……そのときになって、利之助はわたしに何もかも話したのです。わたしは、これは初めからお仙と牢人が、金を脅《おど》し取るために仕組んだ狂言ではないかと思いました」

仁兵衛はそこまで話すと、大きく溜め息をついた。

彦六も、よくある美人局《つつもたせ》だと思ったが、

「それでどうした？」

と、先をうながした。

「百両渡して、それで済めばいいのですが、味をしめて、さらに金を要求してくるのではないかと思いました。かといって、恐れながらとお上《かみ》に訴えるわけにもいきません。倅が、馬鹿なことをしたのも事実ですから」

「そうだろうな」

それが、強請《ゆすり》をする者の常套手段である。弱みを握られたら最後、徹底的に絞り取られるのだ。

「そこで、懇意にしていた親分さんに百両渡し、これで手を切るよう談判してくれと頼んだのです」

「すると、定造は談判に行った帰りにやられたのか」

「いえ、そうではございません。親分さんが、牢人と会ったのは、五日ほど前ですから。親分さんは、うまく話が付いたから安心していいと言ってくれたんですが、あんなことに……」

仁兵衛がまた苦悶の色を浮かべて、視線を膝に落とした。

「それだけか」

「は、はい……」

「その後、お仙や牢人から、何も言ってこないのか」

「きません」

「うむ……」

彦六は、定造が牢人の手で斬られたのかどうかは分からなかったが、何かかかわりがあるような気がした。

その後、彦六は利之助も呼んでもらい、牢人の名やお仙の塒《ねぐら》などを訊いたが、分からないということだった。お仙と逢引するときは、かならずお仙の方から連絡してきたという。

「何かあったら、知らせてくんな」

彦六はそう言い残して、腰を上げた。

6

「嵐さま、嵐さま」

八九郎は、お京に肩先を揺すられて目を覚ました。

朝餉《あさげ》の後、見世物小屋の楽屋の莨莚で横になっていたら、眠ってしまったのだ。昨夜遅くまで近所の一膳めし屋で飲んだせいかもしれない。

「なんだ、朝から」

八九郎は身を起こした。垂れている筵の脇から陽が筋になって射し込んでいた。その陽射しの加減から見て、五ツ半（午前九時）ごろではあるまいか。

「なんだ朝から、はないでしょう。朝から、昼寝をしてる方がおかしいわよ」

お京が口をとがらせて言った。

「何の用なのだ」

お京が起こしにきたのは、何かあってのことだろう。

「来てるのよ、立派なお侍が」

「だれだ」

「だれだか分からないわ。そのお侍、嵐八九郎どのを呼んでいただきたい、そう言ったの、あたしに」

「小屋の裏へまわるように言ってくれ」

「いいの、お迎えに出なくても」

お京が心配そうな顔をした。

「かまわん」

身分のある者が、直接見世物小屋に訪ねてくるはずはないのだ。

お京が、垂らしてある莨莚の向こうにひっ込んで、いっときすると、ふたりの足音と、こちらです、というお京の声が聞こえた。どうやら、お京が客を案内してきたようである。

八九郎は立ち上がって、衣装のしまってある長持に立て掛けてあった刀を手にして莨莚をめくり上げた。

お京の後ろに立っていたのは、武藤繁右衛門《むとうしげえもん》だった。武藤は奉行の遠山の家士である。すでに還暦にちかい老齢だが、矍鑠《かくしやく》として老いを感じさせなかった。用人として長年仕え、遠山の私的なことに手足となって動いている。

「嵐どの、相変わらずのようだな」

武藤は八九郎の姿を見て苦笑いを浮かべた。

八九郎は遠山の影与力として江戸市中に潜伏するようになってから、武藤と何度も顔を合わせていた。それで、武藤は八九郎の暮らしぶりを知っていたのだ。

八九郎は小屋から出ると、

「何の用でござる」

と、武藤に身を寄せて小声で訊いた。小屋にもどったお京が、莨莚の陰で聞き耳を立てているにちがいないのだ。

「お奉行が、お呼びでござる」

武藤も小声で言った。

「いつ、お伺いいたせばよろしいかな」

「今日の八ツ（午後二時）までには、奉行所へ来ていただきたい。お奉行は、下城後に会われるそうだ」

「心得ました」

遠山が八九郎を呼び寄せたとなると、何か事件が起こったからであろう。何を差し置いても、駆け付けなければならない。

武藤が帰ると、八九郎はまた楽屋にもどって横になった。まだ、奉行所に向かうのには早かったのだ。

一刻（二時間）ほどして、八九郎が支度を始めたとき、座頭の歌川寅次が楽屋に顔を出した。寅次は四十がらみ、丸顔で糸のように細い目をしていた。小柄でひき締まった体をしている。襷《たすき》で小袖の両袖を絞り、細身のたっつけ袴という扮装《いでたち》である。舞台に出た後らしく、顔がいくぶん紅潮していた。

「旦那、お出かけですか」

寅次が、袴を穿《は》いている八九郎に声をかけた。

「野暮用でな。しばらく、小屋をあけるがかまわんだろう」

八九郎が袴の紐を結びながら言った。

「かまいませんとも。旦那のお蔭で、ちかごろは興行に難癖付けてくるやつもいませんでね。ありがたいと思ってるんですよ」

寅次が、笑みを浮かべて言った。

八九郎を用心棒として小屋に住まわせるようにしたのは、寅次だった。

半年ほど前、寅次は仙吉《せんきち》という見習いの軽業師と大川端を歩いているとき、四人のならず者に些細なことで因縁をつけられ、金を脅し取られそうになった。そこへ通りかかったのが、八九郎だった。

八九郎は一瞬の早業《はやわざ》で四人のならず者を撃退した。これを見た寅次は、八九郎に、見世物小屋に住んでもらえないか頼んだのである。それというのも、客を集めて興行をしていると、客同士の喧嘩、小屋への嫌がらせ、土地のならず者との揉《も》め事などが結構多いのだ。

寅次は八九郎のような腕の立つ男が小屋にいれば、いざというときに力を貸してもらえるし、座員たちも安心して舞台に立てるだろうと踏んだのである。それに、寅次は、八九郎の人柄にも惹《ひ》かれた。八九郎は、武士でありながら軽業師のような者にも分け隔てなく接してくれたのだ。

八九郎は承知した。当時、八九郎は遠山に命じられ影与力として市中に潜伏するため長屋で独り住まいをしていた。長屋住まいより、見世物小屋の方が、はるかに市中の様子が分かるだろうと思ったのである。

その後、八九郎は寅次の小屋で暮らすようになったのだが、寅次は八九郎がただの牢人ではなく、町奉行所とかかわりがあり、ひそかに事件を探索しているらしいことに気付いていた。ただ、寅次は、そのことを八九郎に聞き質《ただ》したりはしなかった。

寅次にすれば、八九郎が町奉行所とかかわりのある男であっても、何ら都合の悪いことはなかったのだ。むしろ、己や座員の者が、お上に咎《とが》められるような事件に巻き込まれたとき、助けてくれるのではないかという期待さえあったのである。

「帰りは遅くなるかもしれんぞ」

八九郎は大小を腰に差しながら言った。

「かまいませんよ」

寅次は、お気をつけて、と言って、八九郎を送り出した。

八九郎は懐手をして大川端を歩いた。

晴天だった。春の陽射しが大川の川面に反射《はね》て、一面に金貨を撒《ま》いたようにかがやいている。

7

北町奉行所は呉服橋御門内にあった。豪壮な長屋門が春の陽射しのなかに、くっきりと聳《そび》え立つように見えていた。

八九郎は長屋門をくぐった。玄関先まで、那智黒《なちぐろ》の玉砂利が敷きつめられている。その玉砂利を踏みながら、八九郎は奉行所の裏手へまわった。遠山の住む奉行の役宅は裏手にあったのだ。

内玄関の脇の用部屋に入ると、すでに武藤の姿があった。

「嵐どの、お待ちしてましたぞ」

武藤は腰を上げて近付いてきた。

「お奉行は、下城されたかな」

陽の高さから見て、八ツ（午後二時）ごろであろうか。奉行は八ツ前に下城することはないので、まだかもしれない。

「さきほど、もどられてな。いま、着替えをなさっているはずだ」

すぐに、武藤は、さァ、来てくれ、と言って、八九郎を役宅の奥座敷につれていった。

そこは中庭に面した部屋で、遠山がふだん居間として使っている。八九郎と会うとき、この部屋が使われることが多かった。

庭に面した障子に陽が映じて、淡い蜜柑色《みかんいろ》にひかっていた。静寂が辺りをつつんでいる。その静寂を、せわしそうな足音が破った。遠山のようだ。

すぐに、障子があいて、遠山が姿をあらわした。小紋の小袖に角帯というくつろいだ格好である。下城後、奉行は着替えて御白洲《おしらす》に出て訴訟を片付けねばならないが、その合間に八九郎と話すつもりなのだろう。

遠山は四十九歳。面長で、浅黒い肌をしていた。眼光がするどく、身辺には覇気が満ちていた。旺盛な活力がみなぎっている感じがする。

遠山は五百石の旗本の家に生まれたが、家庭が複雑だったため、若いころは将来をあきらめて放蕩《ほうとう》無頼な暮らしをつづけていた。市井では「金四郎」と呼ばれ、料理屋や吉原などにも頻繁に足を運んでいたのである。

ところが、遠山が三十三歳になったとき、転機が訪れた。将軍家斉《いえなり》への御目見《おめみえ》が許され、西ノ丸御納戸に出仕がかなったのである。その後は、持ち前の才能を発揮し、階段をかけ上がるように出世し、昨年北町奉行に就任したのだ。

遠山が八九郎を己の腹心として市中に潜伏させたのは、自分が若いころ経験したことを生かそうとしたためである。八九郎を通して市民の声を聞くとともに下手人の探索にも役立てようとしたのだ。

遠山は対座すると、八九郎が挨拶を述べようとするのを、

「挨拶は抜きだ」

と、言ってとめた。

物言いが乱暴だった。遠山は八九郎とふたりだけになると、金四郎と呼ばれていたころの言葉遣いになるらしい。遠山は自分の若いころの姿を八九郎に重ねているのか

もしれない。

「八九郎、柳原通りで町方の手先が何者かに斬られたそうだな」

遠山が、切り出した。隠密廻り同心の小暮から話を聞いたのだろう。隠密廻り同心は、他の同心より直接奉行と話す機会が多かったのだ。

「はい」

「同じ下手人と思われる者に、薬種問屋の番頭も斬られたと聞いたが、八九郎は存じておるか」

「承知しております」

「そのことでな、おれから、おまえに話しておきたいことがあるのだ」

遠山が急に声を低くして言った。

「何でしょうか」

「御側衆《おそばしゅう》であられる向山智重《むこうやまともしげ》さまを知っているか」

「お名前は存じております」

御側衆は、将軍の身辺に仕える要職である。役高は五千石、老中待遇で大変な権勢を有していた。南北の町奉行の役高が三千石であることをみても、御側衆が幕府の中核を担う重職であることが分かる。

「城中で、向山さまが、おれに耳打ちされたのだ。表沙汰にできぬことだが、御小納戸頭取の南部清右衛門《なんぶせいえもん》どのの用人の近松《ちかまつ》なる者が、何者かに斬殺されたそうだ」

そこまで話すと、遠山は口をつぐんで八九郎に視線をむけた。

八九郎は、南部を知っていたが、用人が斬られた話は耳にしていなかった。知っていると言っても、名と役職だけである。御小納戸頭取も役高千五百石で、将軍の身辺に仕える幕府の要職である。

「向山さまは、町奉行のおれに、探ってみろとの含みがあって仰《おお》せられたらしいのだ」

遠山が声をひそめて言った。

「…………」

八九郎も、向山が遠山にわざわざ話したのは遠山に探索してもらいたいとの意思があったからだろうと思った。

「近松は、喉を一突きにされて死んでいたそうだ」

遠山がおもむろに言った。

「喉の突きで！」

思わず、八九郎の声が大きくなった。

「八九郎、どうみるな」

遠山の目が刺すようなひかりを帯びている。

「町方の手先と薬種問屋の番頭を殺害した下手人と、同じ手ではないかと」

八九郎が低い声で言った。

「おれも、隠密廻りの者から話を聞いたとき、同じ下手人ではないかと思ったのだ。町方の手先、薬種問屋の番頭、幕府の要職にある者の用人……。それが、同じ下手人の手にかかったのだ。妙なつながりではないか」

遠山が虚空を睨《にら》むように見すえて言った。

「いかさま」

八九郎にも、三件がどうつながっているのか、まったく読めなかった。

「八九郎」

遠山が声をあらためて言った。

「此度《こたび》の一件、探ってみろ」

「心得ました」

八九郎が低頭すると、遠山が立ち上がった。

「油断するなよ」

そう言い置いて、遠山は座敷から出ていった。

伏したまま八九郎は、離れていく遠山の足音を聞いていた。

8

八九郎は柳原通りを昌平橋の方へむかって歩いていた。いっしょにいるのは、浜吉である。八九郎は、本郷にある南部家の屋敷へ行くつもりだった。見世物小屋を出ようとしたとき、浜吉が顔を出したので連れてきたのである。

本郷への道すがら、浜吉は八九郎にこれまでの探索の様子を話した。

浜吉の話から、定造と丸木屋のかかわりは分かったが、定造を斬った下手人の姿は見えてこなかった。

「親分は、お仙を探していやす。お仙と下手人は、つながっているはずだと親分は言ってやした」

歩きながら浜吉が言った。

「おれもそう読むな」

八九郎は、お仙の行方がつかめれば、下手人も見えてくるのではないかと思った。

「薬種問屋の方はどうだ」

「親分と一度福寿屋に行きやしてね、あるじの吉兵衛《きちべえ》に話を聞いたんですが、番頭は辻斬りに遭ったにちがいねえ、と言うだけなんでさァ。……親分は、吉兵衛は何か怖がっていてしゃべれねえのかもしれねえ、と言ってやしたぜ」

「うむ……」

まだ、室蔵殺しの下手人も見えていないようである。

そんな話をしながら、ふたりは昌平橋を渡り、湯島の聖堂の裏手を通って本郷へ出た。中山道《なかせんどう》を北にむかって歩くと、前方に加賀藩前田家の上屋敷が見えてきた。武家屋敷の家並の先に、豪壮な殿舎が他の屋敷を圧するように建っている。

「この辺りだったがな」

八九郎は路傍に足をとめた。

数年前、遠山の供をしてこの辺りを歩いたことがあった。そのとき、遠山が、あれが南部家の屋敷だ、と言って教えてくれたことがあった。

そのときの記憶をたどると、南部家の屋敷はこの辺りの路地を左手に入った先にあったはずなのだ。路地の角に下駄屋があり、軒先に下駄の看板がぶら下がっていたのを覚えている。

「たしか、あの下駄屋だったな」

軒先に下駄の看板を下げた店があった。

八九郎は浜吉を連れて、路地へ入った。その通りをいっとき歩くと、町家はとぎれ、道の両側には大小の旗本屋敷がつづいていた。

「あれだ」

前方に、記憶のある長屋門が見えてきた。千五百石の旗本に相応《ふさわ》しい豪壮な長屋門である。

八九郎は門の手前で足をとめた。門番付きの長屋門で、門扉《もんぴ》はしまったままである。門番に声をかけても、相手にされないだろう。だれの目にも八九郎の姿は牢人で、町奉行所の与力には見えない。

「さて、どうするか」

八九郎は、屋敷を見ただけで小屋に帰るのも癪《しやく》だった。

「近所の屋敷で、奉公する渡り者にでも訊いてみやすか」

浜吉が言った。渡り者とは渡り中間《ちゆうげん》のことだった。口入れ屋の斡旋などで、中間の渡り奉公をする者たちである。

「そうだな」

通りには、ときおり供連れの武士やお仕着せの法被《はっぴ》を着て幅広の帯をしめた中間などが通りかかった。

八九郎と浜吉は、近くの空地に笹藪《ささやぶ》のあるのを目にしてその陰にまわった。話の聞けそうな中間が通りかかるまで、路傍に立っているわけにもいかなかったのである。

陽は西の空にまわっていた。七ツ（午後四時）ごろであろうか。辺りはひっそりとして、近くの藪で鳴いているのか、鶯《うぐいす》の鳴き声が聞こえた。いい声だった。澄んだ高い声が、心地好く耳にひびく。春らしい陽気で、大気がやわらかに感じられた。立っていなければ、眠気を覚えるかもしれない。

ふたりがその場に立って小半刻（三十分）ほどしたときだった。

「旦那、話の聞けそうなのが来やしたぜ」

浜吉が通りの先を指差しながら言った。

ふたりだった。中間である。お仕着せの法被に柿色の帯、木刀を背に差していた。

「訊いてみるか」

八九郎が笹藪の陰から通りへ出た。浜吉も跟《つ》いてきた。

「しばし、しばし」

八九郎が後ろから近付いてふたりの中間に声をかけた。

ふたりは足をとめ、振り返ると、

「あっしらのことですかい」

と、色の浅黒い大柄な男が訊いた。

「そうだ。ふたりに訊きたいことがあってな」

「なんです」

大柄な男がつっけんどんに言った。八九郎を貧乏牢人と、みくびったのであろう。

「この先に南部家の屋敷があるが、知っているか」

気にした様子もなく、八九郎が訊いた。

「知ってやすよ。あっしらは、南部さまの隣の酒田《さかた》家にお仕えしたことがありやすし、いまも近くのお屋敷に奉公してやすからね」

「それはいい」

八九郎は懐から財布を取り出すと、一朱銀をつまみ出し、ふたりの酒代にしてくれ、と言って、大柄な男の手に握らせてやった。このふたりなら、話が聞けそうだと踏んだのである。

「こいつは、ありがてえ」

途端に、ふたりは目尻を下げ、ついでに頭も下げた。思わぬ大金を手にして、自然に頭が下がったようだ。

「南部家の用人が斬り殺されたことは知っているか」

八九郎がおもむろに訊いた。

「へ、へい」

大柄な男の顔が急にこわばり、警戒の色が浮いた。八九郎のことを、牢人に変装した幕府の目付《めつけ》筋の者とでも思ったのかもしれない。

「案ずるな。おれは、牢人でな。南部家で、雇ってくれるのではないかと思って足を運んできたのだ」

「へえ」

大柄な男が、怪訝《けげん》な顔をした。八九郎の狙いが分からなかったのであろう。

「用人が斬られたとなると、当主は用心のため腕の立つ者を屋敷内に置きたいと思うはずだ」

八九郎がそう言うと、脇にいた浜吉が、

「この旦那は、剣術の達人ですぜ」

と、もっともらしい顔をして言い添えた。

「そうですかい」

ふたりの中間は安心したような顔をしたが、それでも不審そうな色は残っていた。八九郎の言ったことが、にわかに信じられなかったのであろう。

「斬られた用人の名を知っているか」

八九郎がゆっくり歩きながら訊いた。通りに立ったまま話すわけにはいかなかったのである。

「近松吉之助《きちのすけ》さまでさァ」

大柄な男が歩きだしながら言った。もうひとりの丸顔の中間も跟いてきた。

「どこで、殺されたのだ」

「神田川沿いでさァ」

大柄な男の話によると、近松は湯島の聖堂から一町ほど水道橋の方へ行った川沿いの叢《くさむら》のなかに倒れていたそうである。

「下手人は分かるまいな」

「辻斬りじゃァねえかと、南部さまのお屋敷で奉公しているあっしらの仲間が言ってやしたぜ」

仲間というのは、ふたりと同じ中間であろう。

「死骸は南部家で引き取ったのか」

大柄な男が、また不審そうな顔をした。八九郎の問いが、町方の訊問のようだったからであろうか。

「ところで、南部家だが、何か揉め事があったのか。なに、揉め事があれば、おれのように腕の立つ男を雇う気になるからな」

さらに、八九郎が訊いた。

「そう言えば、南部さまは脅されているようだと耳にした覚えがありやすぜ」

いままで黙っていた丸顔の男が、急に声を上げた。

「脅されていただと。南部家は、れっきとした旗本だぞ。脅すようなやつがいるとは思えんがな」

「あっしは、そんな噂を耳にしただけでさァ」

丸顔の男が、首をすくめて大柄な男の後ろへまわった。

「おまえも聞いているのか」

八九郎は、大柄な男に目をむけた。

「あっしも、噂は耳にしたことがありやす」

「へい……」

「うむ……」

となると、南部家が脅されていた事実はありそうだった。

「だれが、脅していたか聞いているか」

八九郎が足をとめて訊いた。

「そこまでは聞いてねえ」

大柄な男が足をとめて首を横に振ると、もうひとりの男もいっしょに首を横に振った。

「南部家には、脅されるようなことがあるのか」

八九郎がさらに訊いた。

「まったく、分からねえ」

大柄な男が言った。

それから、八九郎が脅しについて色々訊いたが、ふたりの中間はそれ以上のことは知らないらしく、首を横に振るだけだった。

仕方なく、八九郎は南部家の家族のことを訊いて、ふたりを解放してやった。南部家は当主の南部清右衛門、妻のきえ、二十歳になる嫡男の新之助《しんのすけ》、十七歳の娘紀江《のりえ》の四人家族だそうである。

「旦那、南部さまを脅していたのは、どんなやつですかね」

浜吉が訊いた。

「そいつが分かれば、下手人も見えてくるかもしれんぞ」

八九郎は、そんな気がしたのである。

第二章　女衒《ぜげん》の辰《たつ》

1

船宿、船甚《ふなじん》は大川にかかる永代橋の近くにあった。八九郎が贔屓にしている店で、ときおりこの店に集まって密談をもつことがあった。

この日、八九郎が船甚の暖簾をくぐったのは、七ツ（午後四時）ごろだった。八九郎が土間に立つと、帳場にいた女将のお峰《みね》が、

「旦那、みなさん、集まってますよ」

と、声をかけた。

お峰は八九郎が奉行所の者だと知っていて、何かと便宜をはかってくれた。舟が必要なときは出してくれたし、密談をもつときには他の客を断ってくれたりもした。

八九郎は、お峰につづいて階段を上がった。密談の場所は、二階の座敷である。

「みなさん、嵐さまがお見えです」

お峰がそう声をかけてから障子をあけた。

集まっていたのは、八九郎の五人の密偵だった。

彦六、浜吉、町医者の玄泉《げんせん》、三味線師匠のおけい、牢人の沖山小十郎《おきやまこじゆうろう》である。

八九郎は五人に目をやり、

「酒を運んでくれ」

と、お峰に頼んだ。五人は、茶を飲みながら八九郎が来るのを待っていたらしく、膝先に湯飲みだけが置いてあったのだ。

「すぐに、支度しますよ」

そう言い残し、お峰は階段を下りていった。

八九郎は上座に置いてあった座布団に腰を下ろすと、

「酒を飲みながら話すが、みなに頼みたいことがあってな」

そう言って、五人に視線をまわした。八九郎の顔から見世物小屋に居候しているときの茫洋とした表情は消えていた。影与力らしいひきしまった顔である。

「探索か」

玄泉が胴間声で訊いた。

物言いが乱暴だった。玄泉は町医者だが、半分やくざ者のような男である。それに、玄泉には、八九郎を仲間のように思うところがあった。それで、仲間内のような乱暴な物言いになるのだが、八九郎は気にもしなかった。

玄泉は赤ら顔で、ずんぐりした体軀《たいく》をしていた。手足が太く、胸も厚かった。坊主頭で、ギョロリとした大きな目をしている。町医者というより、怪僧のような異様な風貌の主である。

探索のおりには、町医者はむろんのこと、雲水や修験者、それに商家の隠居などにも化ける。今日は、町医者らしい黄八丈の小袖に黒羽織姿で来ていた。

玄泉は博奕《ばくち》好きだった。繁蔵《しげぞう》という男が貸元をしている賭場で大勝ちし、帰り道で子分に襲われたとき、通りかかった八九郎に助けられたのが縁で密偵にくわわったのである。

「まァ、そうだ」

八九郎が言った。

そのとき、階段を上がる足音がし、お峰が女中とふたりで酒肴《しゅこう》の膳を運んできた。

八九郎は話をやめ、膳が並べ終わるのを待った。そして、仲間内で酒をつぎ合い、

いっとき喉を潤してから、

「柳原通りで、定造という男が斬り殺されたのを知っているか」

と、声をあらためて切り出した。

「知っている」

沖山が低い声で言った。沖山も、八九郎に対して仲間同士のような口をきいた。知り合ったとき、ふたりとも長屋の独り暮らしの牢人だったせいである。当時の言葉遣いがいまも残っているのだ。

玄泉とおけいもうなずいた。密偵だけあって、そうした噂は聞き逃さないようである。

「定造は刀で喉を突かれていた。同じ手口で、薬種問屋の番頭、室蔵も殺られたらしい」

「そいつも、喉の突きでか」

沖山が訊いた。

「そうだ。……それだけではない。実は、もうひとりいるようなのだ」

八九郎は、旗本南部清右衛門の用人、近松吉之助が何者かに喉を突かれて殺されたことを話した。

「三人とも、同じ下手人か」

玄泉が驚いたように目を剝いた。

「同じとみていいだろう」

「どうつながっているんだ」

と、玄泉。

沖山やおけいの目も、八九郎にそそがれている。

「それを探ってもらいたいのだ。……むろん、お奉行からのお指図もあった」

八九郎がそう言うと、それまで黙って聞いていたおけいが、

「あたしは、何をすりゃァいいんだい」

と、銚子を手にしたまま訊いた。

おけいは大年増だが、色白で鼻筋のとおった美人である。ただ、切れ長の目には刺すようなひかりがあり、妖艶な感じがした。

三年ほど前まで、おけいは柳橋で座敷女中をしていた。三味線が得意で、馴染み客だった八九郎に小唄を口ずさみながら三味線を聞かせてくれたものだ。

そうしたおり、おけいの三味線の師匠が急逝したため、おけいが跡を継いで師匠に収まったのだ。

そんなおけいに、八九郎は密偵の話を持ち込んだ。八九郎がおけいに期待したのは、花街で交わされる噂話だった。

おけいは、座敷女中だったころの伝《つて》があって、柳橋や浅草寺界隈の料理屋や料理茶屋などに呼ばれて三味線を弾くことがあった。さらに、弟子のなかには芸者、富裕な商家の娘などもいる。そうした者たちから耳にした噂話を、八九郎は聞きたかったのだ。むろん、下手人の探索に役立てるためである。それというのも、そうした噂話のなかに、思わぬ事件を解く鍵がひそんでいることがあるからである。

「おけいには、お仙という女を探ってもらいたい。利之助は柳橋の料理屋で飲んだ帰りにお仙と出会ったらしいのだ。おそらく、お仙は利之助の帰りを待って仕掛けたのだろう。そうしたことからみて、お仙の塒《ねぐら》は柳橋界隈にあると踏んだのだが、おれの思い込みかもしれん」

八九郎の推測だった。ただ、定造が殺された柳原通りも柳橋に近かったので、お仙だけでなく、定造たち三人を殺した下手人の塒も柳橋界隈にある可能性がある。

「おけい、客や女たちの噂話を聞くだけにしろよ」

八九郎は念を押した。密偵とはいえ、おけいは聞き込みや尾行が得意ではなかった。下手に動いて、敵に知られれば命はないだろう。

「分かってますよ」

おけいが、色っぽい目を八九郎にむけてうなずいた。

「おれは、どうする?」

玄泉が訊いた。

「玄泉には薬種問屋の福寿屋を探ってもらいたい」

薬種問屋の探索は、町医者の玄泉が適任だった。

まだ、室蔵が殺された状況がはっきりしなかった。それに、彦六たちが聞き込んだところによると、福寿屋のあるじの吉兵衛が何かを怖がっていたという。八九郎は、吉兵衛が何を怖がっていたのか知りたかったのである。

「よし、分かった」

そう言って、玄泉が手にした杯の酒をグビリと飲んだ。

「おれは、何をやればいい」

沖山が訊いた。

「沖山には、江戸の町道場を探ってもらいたい」

「突きか」

「そうだ。三人とも、突きで喉を刺し貫かれている。よほどの手練とみていい。突きを得意とする男が、下手人とみているのだ」

沖山は牢人だが、一刀流の遣い手である。沖山なら、江戸の町道場をたどって下手人を割り出せるかもしれない。

「やってみよう」

ぼそり、と沖山が言った。

沖山はほとんど表情を動かさなかった。顔に暗い陰湿な翳《かげ》が張り付いている。歳は二十七。長屋で独り暮らしをしていた。

八九郎と知り合ったのは、伊勢崎町にある一膳めし屋だった。当時、八九郎も伊勢崎町の長屋で独り暮らしをしていて、一膳めし屋で顔を合わせるうちに話をするようになったのである。

八九郎は、沖山が一刀流の遣い手であり、しかも独り暮らしであることから密偵には適任だと思った。それで、八九郎は身分を明かし、沖山を密偵のひとりにくわえたのである。

その後も、沖山は己の出自を語らなかった。話したくない過去があるようだ。あえて、八九郎も訊かなかった。

八九郎は一通り話し終えると、

「今夜は、ぞんぶんに飲んでくれ」

と言って、銚子を取った。

2

「小暮の旦那ですぜ」

浜吉が声を上げた。

見ると、小暮が挟み箱をかついだ小者の稔造《としぞう》を連れて呉服橋を渡ってくる。

この日、八九郎は浜吉を連れて呉服橋のたもとに来ていた。小暮が奉行所を出るころを見計らい、会いに来たのである。

奉行所内で話してもよかったのだが、他の定廻りや臨時廻りの同心に事件の探索をしていることを知られたくなかったので、外で会うことにしたのだ。

小暮は橋のたもとに立っている八九郎の姿を目にすると、慌てた様子で走り寄ってきた。

「そ、それがしに、ご用ですか」

小暮が息をはずませて訊いた。

「いや、用というほどのことではないがな」

そう言って、小暮の後ろにいる稔造に目をやった。稔造にも、話を聞かせたくなかったのである。

小暮はすぐに八九郎の胸の内を察したらしく、稔造に、先に行くよう指示した。

稔造の姿が遠ざかってから、

「小暮に話しておきたいことがあってな。すでに、お奉行から耳にしているかもしれんが……」

八九郎は、南部家の用人の近松が何者かに斬殺されたことを小暮の耳にも入れておきたかったのだ。むろん、それだけで呉服橋まで足を運んできたわけではない。小暮からも探索の様子を聞いておきたかったのだ。

「旗本の南部清右衛門を知っているか」

歩きながら、八九郎が切り出した。

「お役とお名前だけは」

小暮は怪訝な顔をした。どうやら、遠山から近松が殺されたことは聞いていないようだ。遠山には、必要があれば、八九郎から話せ、という含みもあったのであろう。

「実は、南部家の用人、近松吉之助なる者が何者かに斬り殺されたのだ。近松は、喉を一突きにされて死んでいたらしい」

「すると、同じ下手人に！」

小暮が驚いたような顔をして足をとめた。

「はっきりしたことは言えぬが、まず同じ者の手にかかったとみていいな」

八九郎も足をとめた。

「大身の旗本の用人まで……」

小暮の顔がけわしくなった。ただの辻斬りや追剝《おいは》ぎの仕業ではないと察知したのであろう。あるいは、事件の背後に大物の黒幕がいることを感じ取ったのかもしれない。

「殺された三人に、つながりがあったとは思えぬ」

八九郎がゆっくりと歩き出しながら言った。

「いかさま」

小暮が歩きながらうなずいた。

「下手人一味には、どんな狙いがあって三人を始末したのか……」

八九郎は一味と言った。定造たちを仕留めた武士、丸木屋の倅の利之助に言い寄ったお仙、それに利之助の前でお仙とやり合ったという町人。すくなくとも、その三人は仲間だと、八九郎はみていたのである。

「根の深い事件《やま》のようです」

小暮が低い声で言った。双眸が、やり手の同心らしい鋭いひかりを放っている。

「また、似たような事件が起こるかもしれんぞ」

「それがしも、そうみます」

「うむ……」

ふたりは呉服町の町筋を黙考したまま歩いたが、

「ところで、福寿屋を探ってみたか」

と、八九郎が訊いた。

「はい」

「あるじの吉兵衛が、何かを怖がっていたという話を聞いたのだがな。何を怖がっていたのか、分かったか」

八九郎は、このことを小暮に訊いてみたい気もあって呉服橋まで足を運んできたのだ。

「分かりました」

「分かったか。それで、何を恐れていたのだ」

八九郎が勢い込んで訊いた。

「脅されていたようです。福寿屋の薬を飲んで、死んだ者がいる、そう言って、店に押しかけてきた男がいましてね。そいつが、葬式代として百両出せと、福寿屋を強請《ゆす》ったようです。……そいつが、よけいなことを話すと、室蔵と同じように始末すると吉兵衛に言ったらしいんです」

「そいつの名は？」

「タツとだけ、名乗ったようです。二十四、五の遊び人ふうの男だったそうです」

「それで、福寿屋は百両払ったのか」

「当初は、一両、二両と包んで引き取ってもらったようです。ところが、タツは福寿屋が出し渋っているのをみて、恰幅のいい御家人ふうの武士を連れてきた。その武士が、薬を飲んで死んだのはおれの女房だ、おまえの女房も殺してやるから、ここへ出せ、と言って刀を抜きかけたそうです。……それで、しかたなく、十両渡したそうです」

それだけでは済まず、さらにタツが店に来て、柳橋の清源《きよげん》に百両持って来い、持って来なければ女房を殺すと凄んだという。清源は、柳橋にある老舗《しにせ》の料理屋である。

こうしたやり取りを聞いていた番頭の室蔵が憤慨して、タツの帰った後、

「わたしが、二十両で何とか話をつけてきますよ」

と言って、二十両を懐に入れて柳橋へむかったという。

「室蔵が殺られたのは、清源に出かけた帰りのようです」

小暮が言い添えた。

「殺された室蔵は、二十両持っていたのか」

「検屍した菊池の話では、室蔵は財布を持っていなかったそうです」

「清源でタツたちに金を渡したか、斬られたときに奪われたか。……いずれにしろ、室蔵を斬ったのは、御家人ふうの男かもしれんな」

まだ、何とも言えないが、タツと名乗る男と御家人ふうの武士で組み、福寿屋から金を脅し取ろうとしたのは、まちがいないようだ。

「その後、タツは福寿屋にあらわれ、室蔵のようになりたくなかったら、百両出せ、とあらためて要求したそうです。すっかり怖くなった吉兵衛は店の有り金を掻《か》き集めてタツに渡した、そういうわけです」

小暮が口をつぐんだ。一通り話し終えたということらしい。

「うむ……」

どうやら、タツ、お仙、御家人ふうの武士が、商家や旗本を狙って大金を脅し取っているようだ。他にも仲間がいるかもしれない。いずれにしろ、大掛かりな強請一味とみていいだろう。

「いずれにしろ、タツと御家人ふうの男を探し出すことだな」

八九郎が言った。

「そのつもりです」

小暮が町筋を睨むように見すえて言った。

3

八九郎たちは日本橋を渡ったところで、小暮と分かれた。賑やかな日本橋の表通りをいっとき歩いてから、八九郎たちは右手の通りへ入った。そこは、大伝馬町《おおでんまちよう》を抜けて両国広小路へつづく通りである。

大伝馬町へ入り、往来を行き来するひとの姿がすくなくなったところで、

「浜吉、タツという男を知っているか」

と、八九郎が後ろから跟《つ》いてくる浜吉に訊いた。

「タツだけじゃァ分かりませんや。辰蔵なのか、達吉なのか……。せめて名が分から

ねえと、どうにもならねえ」

「もっともだな」

タツだけでは、雲をつかむような話だ。当然、その男は、町方にたぐられないようにタツとだけ名乗ったのであろう。

「定造親分たちを殺《や》ったのは、タツと御家人ですかね。あっしは、お仙も仲間のような気がしやすが」

浜吉が目をひからせて言った。

「おれも、お仙も仲間だとみている」

「するってえと、三人組か」

「どうかな」

八九郎は、三人だけではないような気がした。一味が御小納戸頭取の要職にある南部家を脅して、金を巻き上げようとたくらんだのだとすれば、三人では無理である。三人の背後に、まだ姿を見せない大物の黒幕がひそんでいるとみていいのかもしれない。

「浜吉、そばでも食うか」

八九郎は腹が減っていた。

すでに、七ツ（午後四時）を過ぎているが、八九郎は遅い朝飼を食っただけで、昼めしはまだだった。もっとも、八九郎は朝、昼、夕と、決まってめしを食っているわけではなかった。独り暮らしを始めるようになってから、腹が減ったときに勝手に食うことが多かったのである。

「ありがてえ、あっしも、腹が減ってたんでさァ」

浜吉が嬉しそうに顔をくずした。

八九郎と浜吉は、浜町堀にかかる緑橋のたもとにあったそば屋に入った。歩きまわって疲れたこともあり、八九郎たちは腰を落ち着けて酒を飲み、そばで腹拵《はらごしら》えをしてからそば屋を出た。

暮れ六ツ（午後六時）を過ぎ、町筋は淡い暮色に染まっていた。表通りの大店は、店仕舞いして大戸をしめている。通りの人影はまばらで、居残りで遅くなった出職の職人や夜鷹そば屋などが目についた。だれもが、迫りくる夕闇に急《せ》かされるように足早に通り過ぎていく。

横山町に入ってすぐだった。ふいに、女が路地から飛び出してきた。半町ほど先である。女は下駄を鳴らし、泳ぐような格好で八九郎たちの方へ走ってくる。

と、同じ路地から男がひとり走り出てきた。縞柄の小袖を裾高に尻《しり》っ端《ぱしょ》折りした遊び人ふうの男である。

「待ちゃァがれ！」

男が声を上げた。

女を追っているようだ。

町筋に、カッ、カッ、と女の甲高《かんだか》い下駄の音がひびいた。女は腰を振りながら必死で逃げてくる。

「だ、旦那、助けやしょう！」

浜吉が袖をたくし上げて、いまにも駆け出しそうな素振りを見せた。

「そうだな、放ってはおけんな」

八九郎は、小走りになった。

「旦那、先に行きやすぜ」

浜吉が韋駄天《いだてん》走《ばし》りで、八九郎を追い抜いて女に迫った。浜吉の方が足は速かった。

「助けてください！」

女は、浜吉の後ろへまわり込んだ。

町娘らしい。歳のころは十八、九であろうか。もっと年のいった感じもするが、色白で目鼻立ちのすっきりした女である。恐怖で身を顫《ふる》わせている。

女を追ってきた男が、浜吉の前に立ち、

「やい、女をこっちへ寄越せ！」

と、怒鳴り声を上げた。

二十代半ばであろうか。色が浅黒く、するどい目をした剽悍そうな男である。

「やろう！　こいつが、見えねえか」

浜吉が懐の十手を引き抜いた。

「岡っ引きか！」

男の顔がこわばったが、逃げなかった。懐に手をつっ込んで、匕首《あいくち》を取り出して身構えたのだ。

そこへ、八九郎が駆け寄った。

「おい、町人、おれが相手だ」

八九郎は刀を抜いて、切っ先を男にむけた。腰の据わった構えで、切っ先がピタリと男の目線につけられている。八九郎は神道無念流《しんとうむねんりゅう》の遣い手だったのだ。

「お、抜きァがったな」

男が後じさった。顔に、恐怖の色が浮いた。町人ながら、八九郎の構えに威圧を感じたのかもしれない。

「かかってこい」

言いざま、八九郎が一歩踏み込んだ。

すると、男は大きく飛びすさり、

「覚えてやがれ！」

と、捨て台詞《ぜりふ》を残して逃げだした。

「ざまァねえや」

浜吉が吐き捨てるように言って、十手を懐にしまった。

八九郎もすぐに刀を鞘《さや》に納めた。

「あ、ありがとうございます。お蔭で、助かりました」

女が声を震わせて言った。

「名は何というな」

八九郎がおだやかな声で訊いた。

「およしで、ございます」

およしが、八九郎を見上げて言った。安心したのか、体の顫えがとまり、色白の肌が紅潮してほんのりと朱に染まっている。

「いまの男は？」

八九郎が訊いた。

「し、知らない男《ひと》です。……いきなり、わたしの肩をつかんで、お酌をしろと……」

およしによると、男とは通りすがりに出会い、ニヤニヤしながら行く手をふさいだという。およしが、脇をすり抜けようとすると、男がいきなりおよしの肩先をつかみ、おれの酌をしろ、と言って、近くにあった飲み屋に連れ込もうとした。

およしは、何とか男の手を振りほどいて逃げたが、男は後を追ってきたそうである。

「ならず者だな」

八九郎が言った。

「やろう、ふん縛ってやりゃァよかったぜ」

浜吉が怒りの色をあらわにして声を上げた。

「お武家さまのお名前は？」

およしが、伏目がちに八九郎を見ながら訊いた。

すると、脇にいた浜吉が、

「おれの名は浜吉だよ」

と名乗ったが、八九郎は口元に笑みを浮かべて、

たのだ。

「名乗るほどの者ではない」

と、言っただけだった。八九郎は、見ず知らずの者に名や身分は知られたくなかっ
およしも、それ以上は訊かず、

「助けていただいたお礼をしなくては……」

と、つぶやくような声で言った。

「礼にはおよばぬ。……ところで、およしさんの家はどこかな。だいぶ、暗くなってきた。家まで送ってもいいぞ」

八九郎が言った。

「いえ、この近くですから、ひとりで帰れます」

およしは、このご恩は忘れません、と言って頭を下げると、ふたりのそばから離れた。

八九郎と浜吉は、暮色に染まった町筋を遠ざかっていくおよしの背を見送っていたが、いっときすると、およしが路地をまがり、その姿が見えなくなった。

八九郎たちは、両国広小路の方へ歩きだした。

「いい女だったな」

浜吉がつぶやくような声で言った。心残りがするのか、浜吉は何度も後ろを振り返っていた。

4

玄泉は日本橋本町を歩いていた。福寿屋の番頭を殺した下手人を探ってみようと思ったのである。

本町は売薬屋や薬種問屋が多いことで知られた町である。表通りの両側には、薬を扱う店が立ち並び、薬名や屋号を書いた建て看板や屋根看板が目についた。

玄泉は黄八丈の小袖を着流し、黒羽織姿で来ていた。その姿と坊主頭を見れば、だれもが町医者と思うはずである。

「あれか」

玄泉は建て看板に、福寿屋と記してあるのを目にとめた。なかなかの大店である。

玄泉は福寿屋の店先を覗いてみた。戸口近くの座敷で、手代らしい男がふたり、薬袋をひろげて客と何やら話していた。座敷の両側は薬種の入った引き出しがびっしりと並んでいる。座敷の奥では、ふたりの男が薬研《やげん》を使っていた。どこの薬種問屋でも見られる光景である。

玄泉は福寿屋の前を通り過ぎた。

……店の奉公人にあたっても、たいしたことは訊き出せねえ。

と、玄泉は踏んでいた。

すでに、八九郎から八丁堀の同心が訊き出したこととして、室蔵の殺された顚末《てんまつ》は聞いていた。玄泉が店にいる奉公人から巧みに話を引き出したとしても、それ以上のことは訊き出せないだろう。

……別の奉公人にあたってみるか。

玄泉は、福寿屋の主人や家族と接している女中か下働きの者の方が事件の経緯を知っているのではないかと思ったのだ。

玄泉は細い路地をたどり、福寿屋の裏手へまわってみた。

「駄目だな」

思わず、玄泉は声を出した。

裏手は板塀がまわしてあって、出入りできないのだ。引き返そうと思い、何気なく板塀の脇に目をやると、隣の店との間に人が通れるだけの細い路地があった。

見ると、板塀にちいさな引き戸がついている。そこが、裏手の出入り口になっているようだ。

玄泉は板塀の角に身を寄せて、細い路地からだれか出てくるのを待った。小半刻（三十分）ほど経ったとき、引き戸をあける音がし、女がひとり姿を見せた。でっぷり太った三十がらみの女である。

女は笊《ざる》を抱えていた。笊のなかには、萎《しお》れた青菜や芋でも剝いたらしい皮などが入っていた。どうやら、炊事で使った野菜の屑《くず》を捨てにきたらしい。そういえば、板塀の脇に芥溜《ごみた》めがある。

「お内儀《かみ》さん」

玄泉が女に声をかけた。店のあるじの内儀には見えなかったが、そう呼んだのである。

「あたしのことかい」

女は笊を抱えたまま振り返った。

「そうだよ」

「おまえさん、だれだい」

女の顔に怯《おび》えたような表情が浮いた。無理もない。玄泉の異様な風体を見れば、表通りで顔を合わせても驚くだろう。

「脅かしちまったようだな。わしはな、良沢《りょうたく》という町医者だよ」

玄泉は満面に笑みを浮かべ、腰を低くして女に近付くと、すばやく財布を取り出し、一朱銀を摘《つま》み出した。

それを笊を持っている女の手に握らせてやってから、

「子細があってな。表からでは、入りづらいのだ。……ところで、お内儀さんでいいのかな」

と、声をひそめて訊いた。

「あたし、女中のお松《まつ》だよ」

お松が、顔を赤くして首を横に振った。ただ、お内儀さんに間違われて悪い気はしないようだった。それに、顔から怯えの色は消えている。

「お松さんに、訊いてもいいかな」

「何《な》んだい？」

お松が玄泉に身を寄せてきた。一朱銀が利いたのか、玄泉の話に興味を持ったのか。おそらく両方だろう。

「噂話だがな、福寿屋の薬を飲んで死んだと言って、怒鳴り込んできた男がいるそうじゃァないか。……なに、わしの患者がな、その話を耳にして、わしが福寿屋の薬を使っているのかしつこく訊くのだ。実は、わしは福寿屋の薬を使っていてな。それで、気になって様子を訊きに来たわけだ」

「そうなのかい」

「で、だれが、怒鳴り込んできたのだ」

玄泉が訊いた。

「タツって、男らしいよ」

「タツだと。町人かい」

玄泉は、タツという名は聞いていた。ただ、タツだけでは、探しようがない。

「遊び人らしいよ。ぼてふりの磯七《いそしち》さんがね、辰蔵《たつぞう》かもしれないと言ってたよ」

「磯七という男は？」

「この界隈を売り歩いている男《ひと》でね。松田町の伝兵衛店《でんべえだな》に住んでるよ」

「伝兵衛長屋だな」

玄泉は、磯七に訊けば分かるだろうと思った。

「でもね、うちの店の薬を飲んで死んだなんて話は、でたらめだよ。お金を脅し取るための作り話さ」

お松が目をつり上げるようにして言った。お松にしても、タツたちの悪辣《あくらつ》なやり方に腹が立ったのだろう。

「武士も、怒鳴り込んできたそうじゃァないか」

さらに、玄泉が訊いた。

「そうなのさ。それも、牢人じゃァないんだよ。ちゃんとした二本差しだからね。まったく、ひどいやつらさ」

さらに、お松の顔に怒りの色が浮いた。

「その武士の名は分かるか」

名が分かれば、武士からもたぐれるだろう。

「さァ、知らないねえ」

お松は首をひねった。

「姿を見たのかい」

「見たよ。大柄な男でね、仕立てのいい羽織袴姿だったよ」

「そうかい」

金まわりのいい御家人といったところであろうか。金まわりがいいといっても、真っ当な金ではないだろう。脅しや騙《かた》りで、手にしているにちがいない。

「ところで、その後も、タツと武士は店に来たのか」

「来ないよ。取れるだけ取ったから、用済みじゃァないのかね。それに、番頭さんが殺されて町方も調べてるようだし、もううちの店には来られないよ」

お松は芥溜めの方に目をやり、その場を離れたいような仕草を見せた。それに、顔に不審そうな表情が浮いていた。玄泉の問いが町医者のものではなく、町方の聞き込みのようだったからであろう。

「手間を取らせたな。どうやら、福寿屋の薬を飲んでも死ぬようなことはなさそうだ。もっとも効くかどうかは、別だがな」

玄泉はそう言ってきびすを返した。

5

玄泉は本町の表通りへ出ると、松田町へ足をむけた。本町から松田町まではすぐである。すでに、七ツ（午後四時）ごろだったが、松田町へまわって磯七から話を聞く間《ま》はあるだろう。

松田町の通りへ入ってすぐ、玄泉は手頃な酒屋を目にし、店先にいた親爺に伝兵衛店《だな》のことを訊いてみた。

親爺は知らなかった。玄泉は簡単に知れると思ったが、なかなか伝兵衛店がどこにあるのか分からなかった。やっと、分かったのは、松田町に入って半刻（一時間）も経ってからである。

裏路地の煮染《にしめ》屋の親爺が、

「伝兵衛店なら、そこの八百屋の脇を入《へえ》ったところだぜ」

と、教えてくれたのである。

行ってみると、古い棟割り長屋だった。井戸端で水を汲《く》んでいた女房らしい女に、磯七のことを訊くと、

「磯七さんなら、家にいるはずだよ」

そう言って、水を入れた手桶を下げたまま家の前まで連れていってくれた。親切な女である。

腰高障子の前に立って、障子の破れ目から覗くと、座敷で莨《たばこ》を吸っている男の姿が見えた。脇の流し場にも人影があり、水を使う音が聞こえた。女房であろうか。

「ごめんなさいよ」

玄泉は声をかけてから、障子戸をあけた。

胡座をかいて莨を吸っていた男が、ギョッ、としたように目を剝いた。手にした煙管《キセル》

が顔の前でとまったままである。いきなり、坊主頭の玄泉が入って来たので、驚いたらしい。流し場にいた女房らしい女も、振り向いたまま身を硬直させている。

「な、なんでえ、おめえは！」

男が声をつまらせて訊いた。

「町医者ですよ。良沢といいます。……磯七さんかな」

玄泉は腰をかがめながら満面に愛想笑いを浮かべて訊いた。

「おお、磯七だ。おれは、医者など呼んだ覚えはねえぜ」

威勢よく言ったが、まだ、煙管は空にとまったままである。手が震えているらしく、莨の煙が雁首《がんくび》から小刻みに横揺れしながら立ち上っていく。

「磯七さんに、訊きたいことがありましてな。なに、たいしたことじゃァないんです。これは、ほんの気持ちでして」

玄泉は懐から財布を取り出し、また一朱銀をつまみ出して、上がり框のそばに置いた。

それを見た磯七は、こわばった顔を急にくずし、

「何でも訊きな」

と言って、煙管を口に運んだ。

流し場にいた女房らしい女も、いくぶん安心したらしく玄泉の方に尻をむけて、また水を使い始めた。平桶のなかで皿や丼を洗っている。

「どうです、そこらを歩きながら」

玄泉はチラッと女の背に目をやった。すぐそばに、背をむけている女が立っていたのでは、話しづらい。

「そうしよう」

磯七は、莨盆に雁首をたたいて立ち上がった。磯七も、女房の前では話しづらいと思ったのかもしれない。

外に出た玄泉と磯七は、長屋の敷地の隅にあった稲荷の前に行った。そこなら、長屋の住人に見咎められることなく話せそうだった。

「何が訊きてえんだ」

磯七の方で話を切り出した。

「人伝《ひとづて》に、磯七さんが、福寿屋から金を脅し取ったタツという男のことを知っていると耳にしたのでな」

玄泉がそう言うと、磯七は、

「おめえさん、御用聞きか」

と、訊いた。顔に警戒の色がある。

「そうではない。おれは、殺された番頭の室蔵と知り合いでな。薬のことで、いろいろ都合してもらったのだ。……それで、何とか下手人の尻尾をつかみたいと思っているのだ。下手人を町方にお縄にしてもらい、そいつらの首を落としてやらないと、おれの気が済まないんだよ」

玄泉の物言いが乱暴になった。思わず、地が出たのだが、磯七は不審を抱かなかった。怒りのために、言葉遣いが乱暴になったと思ったらしい。

「おれは、福寿屋の店先でやつの顔を見かけただけだぜ」

磯七によると、盤台を担いで福寿屋の前を通ったとき、ちょうど店から出てきた辰蔵と顔を合わせたという。

「おまえ、辰蔵という男を知っているのか」

玄泉が訊いた。

「五、六年前、やつが遊び歩いていた浅草寺の近くに、おれも住んでたのよ」

磯七によると、辰蔵はこの長屋に所帯を持つ前、浅草田原町《たわらまち》の長屋で母親と兄との三人で暮らしていたという。その当時、辰蔵は浅草寺界隈で顔を利かせていた遊び人だったそうである。

「やつは、女衒《ぜげん》の辰と呼ばれてたんでさァ」

辰蔵は相当のワルだったという。兄貴分の男が女衒だったこともあって、若い娘を騙して女郎屋に売ったりしたこともあったそうである。

「辰蔵の塒は分かるか」

「……分からねえ」

磯七は首を横に振った。

浅草を離れたのが、五、六年も前のことなので、いまはどこに住んでいるかまったく分からないという。

「そのころの辰蔵の塒は分かるかい」

「たしか、東本願寺の裏門近くだったな。庄蔵《しょうぞう》だったか、庄兵衛店《しょうべえだな》だったか……。はっきりしねえなァ」

磯七が首をひねった。

「東本願寺の裏門近くだな」

それだけ分かれば、すぐにつきとめられる。

玄泉はそれから辰蔵といっしょにいたであろう武士のことも訊いてみたが、磯七は顔も見なかったと言って、首を横に振っただけである。

その日、玄泉は最近引っ越した佐久間町の借家に帰った。玄泉は借家の独り暮らしであった。

6

翌朝、玄泉は浅草田原町へ出かけた。辰蔵の塒をつきとめるためである。

東本願寺の裏門近くに行き、通り沿いの店屋に入って、この辺りに、庄蔵店か庄兵衛店はないか訊くと、すぐに分かった。

半町ほど先のそば屋の脇の路地を入ってすぐだという。行ってみると、路地木戸があり、その先に棟割長屋があった。

念のために、そば屋で訊くと、庄兵衛店とのことだった。

ちょうど、路地木戸から出てきた長屋に住む女房に、辰蔵のことを訊くと、いまはいないとのことだった。

「あの男、二年ほど前に長屋を出てってくれてね。長屋の者はみんな、ほっとしてるんだよ」

色の浅黒い女房は、顔に嫌悪の色を浮かべて言った。どうやら、辰蔵は長屋の者たちに嫌われていたらしい。

「辰蔵は、ここで独り暮らしだったのか」

玄泉が訊いた。

「母親のおとよさんが死んでからはね」

女房が話したところによると、辰蔵は子供のころから病気がちの母親のおとよと二人で、この長屋に暮らしていたという。

子供のころの辰蔵は母親思いの子で、病気がちのおとよの看病をしながら蜆売《しじみう》りをして銭を稼いでいた。ところが、辰蔵が十三歳になったとき、おとよが病気で亡くなってしまった。

「おとよさんが亡くなってから、辰蔵の暮らしが荒れてきてね。……女子供は泣かすし、喧嘩はするし、長屋の者が意見すると、家に火を付けると言って脅しつける始末で、手に負えなくなっちまったのさ」

その後、辰蔵は悪い仲間と付き合うようになり、飲み屋や岡場所はもとより、賭場へも出入りするようになったという。

「女衒の辰と呼ばれてたそうだな」

「そうなんだよ。女衒の松五郎《まつごろう》という男とふたりで、娘を騙して女郎屋に売り飛ばしていたようだよ」

「松五郎は近所に住んでいるのか」

「近所の長屋に住んでたんだけど、三年前に死んだはずだよ」

女房によると、松五郎は酒に酔ってならず者と喧嘩し、刃物で腹を刺されて死んだという。

「ところで、辰蔵の塒は知らんか」

玄泉が知りたいのは、いま辰蔵がどこで暮らしているかだった。

「さア……」

女房は首をひねった。

「噂でもいいんだがな」

「そういえば、島吉《しまきち》さんが、一月《ひとつき》ほど前、辰蔵の姿を見かけたと言ってたけど……」

女房が首をひねりながら言った。記憶がはっきりしないようだ。

「島吉は長屋に住んでいるのか」

島吉から話を聞けば、辰蔵がたぐれるかもしれない。

「そうだよ」

女房が、島吉の家は井戸端の脇の棟のとっつきだと教えてくれた。

「島吉はいるかな」

「いるはずだよ」

島吉は手間賃稼ぎの大工だが、普請場《ふしんば》で転んで足をくじき、ここ十日ほど仕事に出ていないそうだ。暮らしのために、女房が近所のそば屋へ小女として出ているので、ひとりのはずだという。

「手間をとらせて、すまなかったな」

玄泉は女房に礼を言って、その場を離れた。

さっそく、長屋につづく路地木戸をくぐり、島吉の家へ行ってみた。腰高障子の破れ目から覗くと、島吉らしき男が座敷にひとり、横になっていた。なるほど、左足に晒《さらし》が巻いてある。

「ごめんなさいよ」

玄泉は声をかけてから障子をあけた。

「な、なんでえ、おめえは！」

男は首をもたげて、かすれ声を上げた。喉を圧迫したせいで、うまく声が出なかったらしい。

「そのまま、そのまま。……島吉さんかな」

「そうだが、おめえさんは」

「良沢という医者だが、ちと、訊きたいことがあってな。話に聞いたところ、島吉さんは足を怪我したそうじゃァないか」

玄泉は島吉の左足を見ながら言った。玄泉は町医者だが、医者としての知識はそれほど深くはない。それでも、素人よりはましである。

「診《み》て、やろうか」

「い、いらねえ。それに、銭がねえや」

島吉は、痛みに顔をしかめながら身を起こした。

「銭などいらん。それにな、いまは薬も持っておらんし、診るだけだよ」

そう言って、玄泉は上がり框の前に草履《ぞうり》をぬいだ。

「てえした怪我じゃァねえんだ」

島吉が照れたような顔をして言った。ただで診てくれると聞いて、その気になったらしい。

「どれ、どれ」

玄泉はもっともらしい顔をして、島吉の左足に手を伸ばし、痛むかな、と言って、晒の上から軽く押した。

「へい、すこしだけ」

「そうか。くじいたようだが、たいしたことはないな。……ところで、この長屋にいた辰蔵を知っているな」

玄泉が、晒の上の指先をかかとの方へ移しながら訊いた。

「知っていやす」

「一月ほど前に、辰蔵の姿を見かけたそうじゃァないか」

「見かけやした」

島吉が玄泉に目をむけ、何でそんなことを訊くんだといった顔をすると、すかさず玄泉が晒の上から指で強く押し、ここはどうだ、と訊いた。

「い、痛《いて》え！」

島吉が顔をしかめた。

「やはり、痛いか。それで、辰蔵をどこで見かけたのだ」

玄泉が指の力をゆるめて訊いた。

「須田町の普請場でさァ」

島吉によると、辰蔵は普請場の前の道を今川町の方から歩いてきたという。

「辰蔵ひとりか」

玄泉は指先を膝の方に移した。

「侍とふたりで歩いていやしたぜ」

「御家人ふうの男だな」

「いや、牢人ふうでしたぜ」

総髪で、納戸色の着流し姿だったという。

「牢人か」

となると、辰蔵の仲間は御家人ふうの武士と牢人のふたりということになりそうだ。

「先生、なんで辰蔵のことなど訊くんです？」

島吉が不審そうな顔をした。

「わしの知り合いの娘が、辰蔵に騙されてな。何とか連れ戻してやろうと思ったのだ」

それだけ言うと、玄泉は、膝の上に掌を乗せ、まがるか、と訊いた。

「まがりやす」

島吉が膝をまげた。痛みもないらしい。

「そうか。……たいしたことはないようだ。ところで辰蔵だが、塒を知っているか」

「塒は知らねえが、須田町の近くかもしれやせんぜ」

島吉がほっとしたような顔をして言った。足の怪我が、たいしたことはないと言われて安心したらしい。

「どうして、須田町の近くだと分かるんだ」

「やつの面《つら》を二度も見かけやしたからね。それも、朝と夕に」

「うむ……」

玄泉は島吉の言うとおりかもしれないと思った。須田町辺りで探れば、辰蔵の塒がつかめそうだ。

「ところで、辰蔵はどんな顔をしている」

玄泉はまだ辰蔵の顔を見ていなかったのだ。

「目が細くて、狐《きつね》みてえな顔をしてやすぜ」

島吉によると、辰蔵は面長で顎《あご》がとがっているという。

「狐な……」

玄泉がいっとき黙考していると、

「ねえ、先生、後どのくれえ休めば、仕事に行けやすかね」

と、島吉が玄泉を上目遣いに見ながら訊いた。

「そうよな、半月かな。ともかく、痛みがとれなければだめだ」

玄泉はもっともらしいことを言ったが、島吉の足がいつ治るのか、分からなかった。ただ、痛みがとれれば、治ったとみていいだろう。

「まだ、無理をするなよ」

そう言って、玄泉は腰を上げた。

7

「親分、てえしたことは出てきやせんでしたね」

歩きながら、浜吉が彦六に言った。

「そうだな」

彦六が渋い顔をして言った。

ふたりはここ数日、本郷に出かけて南部家の事件を探っていたのだ。南部家に奉公している中間や屋敷に出入りする植木屋などをつかまえて話を聞いたが、たいしたことは分からなかった。用人の近松は、当主の指示で柳橋に出かけた帰りに、殺されたらしいことが知れただけである。

当主の南部清右衛門に訊けば、はっきりしたことが分かるだろうが、相手は幕府の要職にある重臣である。彦六のような岡っ引きに会うはずはないのだ。

そこで、彦六は近松の身内に会ってみることにした。近松が身内に話しているかもしれないのだ。

そして、今日、彦六と浜吉は近松が住んでいた本郷、菊坂町へ出かけてきたのだ。近松はそこに借家を借り、家族と暮らしていた。彦六は中間などから話を聞いたとき、近松の家のことも訊いておいたのである。

近松家は殺された吉之助の妻のとね、嫡男の綾之助《あやのすけ》、娘のはるの、今は三人家族だった。なお、綾之助は二十二歳で、吉之助の跡を継ぐかたちで南部家の用人として務めているそうである。

おそらく、当主の南部は吉之助が南部家のために死んだことに対し、綾之助を父親と同じように務めさせることで、その忠義に報いようとしたのであろう。また、そうしなければ、近松家の家族は暮らしの糧《かて》を失い路頭に迷うことになるのだ。

「近松さまが、柳橋の一舟《いちふね》で会ったのはだれですかね」

浜吉が彦六に訊いた。一舟は柳橋にある老舗の料理屋である。

ふたりは、神田川にかかる昌平橋を渡り、柳原通りを両国へむかって歩いていた。

寅次一座の見世物小屋に立ち寄って、八九郎にこれまで探ったことを報《し》らせておこうと思ったのである。

「分からねえな。一舟を探るのは、これからよ」

彦六が、近松の妻のとねに、旦那を斬った下手人をお縄にして敵《かたき》を討ってやりてえ、と言うと、とねは進んで話してくれたのだ。

とねによると、近松はほとんどお屋敷であったことは話さなかったが、殺された日の昼頃、めずらしく、とねに、これから柳橋の一舟へ行ってくる、と口にしたという。そのとき、近松が不安そうな顔をしていたので、とねが、どなたと会うのか訊いたそうである。

すると、近松は、市橋《いちはし》と栗林《くりばやし》と名乗っているが、ふたりとも偽名かもしれぬ、と小声で答えたという。

さらに、とねが、市橋と栗林はどういうひとかと訊くと、近松は、おまえは知らんでもいい、と言って、口をつぐんでしまったそうである。

浜吉が空を見上げながら、

「親分、一舟は明日からですかい」

と、訊いた。

西の空に残照がひろがっていたが、上空は夜の色に染まり始めていた。柳原通りはまだ明るかったが、柳の陰や通り沿いに並ぶ床店の陰などには夕闇が忍んできていた。床店は店仕舞いし、通りの人影もまばらだった。居残りで仕事をしたらしい職人ふうの男や夜鷹そば屋などが、足早に通り過ぎていく。

「そうだな。何とか、市橋と栗林の正体をつかみてえな」

彦六は、そのふたりが今度の一連の事件にかかわっていることはまちがいないとみていた。

そのとき、半町ほど先に、女がひとり姿を見せた。右手の路地をまがって、柳原通りへ出てきたようだ。町娘らしい。彦六と浜吉の方へ近付いてくる。

「あれ、およしじゃァねえか」

浜吉が目を剝いた。その色白の顔に見覚えがあった。

「おめえ、あの娘を知ってるのか」

「へい」

八九郎とふたりで、横山町の通りでならず者にからまれていたのを助けた娘である。

彦六たちとおよしの間は、すぐにつまってきた。

ふと、およしが立ちどまった。浜吉の顔を見ている。およしのちいさな口が動いた。あのときの男《ひと》、とつぶやいたらしい。

「およしかい」

浜吉が大股で近付いた。

「あら、浜吉さん」

およしも近付いてきた。

「また、会ったな」

浜吉が照れたような顔をして言った。

「ええ……」

およしは、嬉しそうな顔をしている。

そこへ、彦六が近付いてきた。彦六はおよしに会釈しただけで、浜吉の後ろへ立った。口を挟む気はなかったのである。

「ごいっしょのひとは？」

およしが小声で訊いた。

「彦六親分だ。腕のいい御用聞きだぜ」

浜吉が自慢するように顎を突き出して言った。彦六は渋い顔をして黙っている。

「この前、いっしょにいたお武家さまは？」

「あの方は、嵐八九郎さまだ。……でけえ声じゃァいえねえが、あの方はな」

浜吉が八九郎のことを言いかけたとき、彦六が慌てて浜吉の背中をつついた。しゃべるな、という合図である。

「ヘッへ……。しゃべっちゃァいけねえことになってるんだ」

と言って、浜吉は盆の窪に手を当てて照れ笑いを浮かべた。

「そうなの」

およしも、それ以上は訊かなかった。

「およしさんは、どこへ行くんだい」

「家へ帰るところなの」

「そういえば、横山町で会ったときこの近くだと言ってたな」

「ええ……。ねえ、浜吉さん、今度、お礼をさせて。まだ、助けてもらったままだもの。でも、浜吉さんにどうやって連絡すればいいの」

およしが、浜吉の目を見つめて微笑《ほほえ》みかけた。

色白の顔が淡い暮色に浮き上がり、何とも色っぽい。

浜吉は顔を赤くして、

「い、いつでも、声をかけてくんな。広小路に寅次一座の小屋があるから、そこで浜吉って言ってもらえば、分かるようにしておくぜ」

と、声をつまらせながら言った。

そのとき、彦六が浜吉の袂をつかんで、引っ張りながら、

「それじゃァ、娘さん、また」

と言って、強引に浜吉を連れてその場を離れた。彦六は、これ以上浜吉にしゃべらせておくと何を口にするか分からないと思ったのである。

およしも歩きだした。浜吉の背中の先で、下駄の音がしだいに遠ざかっていく。

「馬鹿野郎、小屋のことを言ってどうするんだ」

彦六が苦々しい顔をして言った。

「お、およしさんなら、知られてもいいと思って、つい……」

浜吉が首をすくめながら言った。

「しゃべっちまったものは、しょうがねえ。……いいか、嵐の旦那や一座のことはこれ以上しゃべるんじゃァねえぞ」

彦六が念を押すように言った。

柳原通りを歩いていく彦六と浜吉の背を見送っている者がいた。店仕舞いして葦簀《よしず》でかこわれていた床店の陰から、ふたりに凝《じっ》と視線をそそいでいる。

横山町の通りで、およしにからみ、八九郎に脅されて逃げ出した男だった。男はおよしの後を追ってきたのだろうか。そうではなさそうだった。去っていくおよしではなく、彦六たちふたりに目をむけているのだ。

彦六と浜吉の背が遠ざかると、男は葦簀の陰から出て、柳原通りを筋違御門《すじかいごもん》の方へ歩きだした。

男が二町ほど歩いたときだった。床店の陰から女がひとり、通りへ出てきた。およしだった。何と、およしは男に近付くと、何やら言葉を交わし、ふたりで肩を並べて歩きだしたのだ。

第三章　遊び人

1

晴天だった。風がないせいもあって大川の川面は静かで、流れもいつもよりゆるやかに感じられた。その川面を、客を乗せた猪牙舟《ちょきぶね》や荷を積んだ高瀬舟や艀《はしけ》などが行き来している。

数羽の鷗《かもめ》が、川下にむかって飛んでいく。その白い翼が、春の陽射しを反射《はね》て黄金色にかがやいていた。

春らしいおだやかな日和《ひより》である。

彦六と浜吉は柳橋の大川端を歩いていた。

「一舟は、この辺りだったかな」

彦六が川沿いに建つ船宿や料理屋などに目をやりながら言った。ふたりは、一舟を探していたのである。

「親分、あれだ」

浜吉が前方を指差した。

「そうだ、あの店だ」

彦六は一舟に入ったことはなかったが、何度か店の前を通ったことはあった。

二階建ての老舗の料理屋らしい店構えだった。玄関の脇の掛け行灯《あんどん》に一舟と記してある。出入り口は洒落《しゃれ》た格子戸で、脇に籬《まがき》とちいさな石灯籠《いしどうろう》が置いてあった。暖簾は出ていたが、まだ客はいないらしく、店はひっそりとしていた。

「親分、どうしやす」

戸口の前まで来て、浜吉が訊いた。

「十手を見せて訊いても、しゃべらねえだろうな」

老舗の料理屋や料理茶屋は、岡っ引きに客のことを話したがらなかった。当たり障りのないことは話すが、事件にかかわることは知らないと答えることが多かった。客を守る気持ちもあるのだろうが、下手にかかわりを持って、後でお白洲に呼び出されたりすることが嫌なのである。

「話の聞けそうなやつが、店から出てくるのを待つか」

彦六は、店に奉公している下働きの者か女中でもつかまえて話を聞こうと思った。

「浜吉、おめえ、近所で聞き込んでみろ。殺された近松を見た者がいるかもしれねえぜ」

彦六は、ふたりで雁首をそろえて待つことはないと思ったのだ。

「承知しやした」

浜吉はすぐに彦六から離れていった。

ひとりになった彦六は、大川端の通りに目をやった。路傍につっ立って、一舟の店先を見張っているわけにはいかなかったのである。

一舟の斜向《はすむ》かいにちいさな桟橋があった。猪牙舟が三艘だけ舫《もや》ってあった。一舟の専用の桟橋であろう。

桟橋に下りる短い石段があった。彦六は石段に腰掛けて、一舟の店先を見張ることにした。通行人が、彦六の姿を目にしても、船頭が一服しているように見えるだろう。

彦六は石段に腰を下ろすと、すこし体をひねるようにして一舟に目をむけた。店先が斜前に見える。

彦六は眼前にひろがる大川を眺めているようなふりをして、ときどき店先に目をやった。一舟から出てくる者はいなかった。彦六の前方で、大川の流れが汀《みぎわ》の石垣や桟橋の杭に当たり、絶え間ない水音をたてている。

彦六がその場に腰を下ろして、小半刻（三十分）ほども経ったろうか、店の戸口の格子戸があき、男がひとり出てきた。印半纏《しるしばんてん》に黒の股引《ももひき》姿だった。肩に、豆絞りの手ぬぐいをひっかけ、丸めた茣蓙《ござ》を脇にかかえていた。船頭らしい。

船頭は足早に桟橋に近付いてくる。一舟の船頭のようだ。客を舟で送迎するために、雇われているのだろう。

彦六は、その男に訊いてみようと思った。男が石段を下り始めたとき、彦六は立ち上がった。

「ちょいと、すまねえ」

彦六が声をかけた。

男は驚いたような顔をして足をとめた。ふいに、脇から声をかけられたからであろう。

「訊きたいことがあってな」

彦六は懐に手を入れ、十手を覗かせた。

「お、親分さんですかい」

男の顔に警戒の色が浮いた。三十がらみ、色の浅黒い丸顔の男である。

「おめえの名は？」

「宇吉《うきち》でさァ」

「宇吉か。おめえに、かかわりはねえが、一舟の客のことでな」

彦六がおだやかな声で言った。

「へえ……」

「一舟には、二本差しの客が多いのかい」

「お侍は、すくねえ」

宇吉は戸惑うような顔をして言った。彦六が何を調べているか分からなかったからであろう。

「湯島で、南部さまの用人が斬られたのを知ってるかい。名は近松さまだ」

「へ、へい」

宇吉の顔には、まだ腑に落ちないような色があった。岡っ引きが旗本の用人が斬られた事件を探っていることに、違和感を覚えたのかもしれない。

「近松さまは、殺された晩、一舟で飲んだな」

かまわず、彦六はつづけた。

「そのようで……。あっしは知らなかったが、後でおちかという女中に聞いたんでさア」

おちかは一舟の座敷女中で、その晩、近松たちの宴席の酒肴を運んだという。

「近松さまと同席した者は？」

「三人だったと、おちかが言ってやしたが……」

宇吉は首をひねった。はっきりしないのだろう。

彦六はおちかに訊いた方が早いと思い、

「おちかは、店にいるのか」

と、訊いた。

「いや、おちかは通いでしてね。そろそろ来るころだと思いやすが」

そう言って、宇吉は通りの先に目をやった。

だが、それらしい女の姿はなかった。

宇吉は、おちかが来たら、声をかけやすよ、と言い残し、石段を下りていった。いつまでも、油を売っているわけにはいかないと思ったようだ。

2

彦六は石段に腰を下ろして通りの先に目をやっていた。宇吉は猪牙舟の船底に莫蓙を敷いている。客を乗せる準備らしい。

いっときして、通りの先に女の姿が見えた。縞柄の着物に下駄履き、胸のところで風呂敷包みをかかえている。

……おちかかもしれねえ。

と思い、彦六は立ち上がって宇吉に目をやった。

宇吉は舟から桟橋に移り、通りに目をやっていたが、

「親分、おちかですぜ。風呂敷包みをかかえている女でさァ」

と、声を上げた。

彦六は石段を上がって路傍へ出た。そして、おちかの方へ歩きだした。一舟の店先から離れたところで、話を聞きたかったのである。

「おちかさんかい」

彦六が声をかけると、おちかは驚いたような顔をして立ちどまった。

色白で小太りの年増だった。ぽっちゃりして、饅頭のような頬をしていた。その顔がこわばっている。

「おちかですけど……」

おちかは、不安そうな顔をした。

「彦六ってえ者《もん》だが、ちょいと訊きてえことがあってな。いま、宇吉からも訊いたんだが、なに、てえしたことじゃァねえんだ」

彦六が、歩きながらでいい、と言って、ゆっくりした歩調で歩きだした。路傍に立ったまま話すわけにはいかなかったのである。

「一舟に、南部家の用人の近松さまが、客で来たことがあるな」

「は、はい」

おちかは、彦六に跟《つ》いてきた。

「いっしょに飲んだのは、ふたりかい」

「そうです」

おちかが、彦六に目をむけた。まだ、顔はこわばっていたが、不安そうな表情は消えていた。彦六が何を訊こうとしているか、分かったからであろう。

「ふたりの名は分かるか」

「市橋さまと、栗林さまですが」

おちかが小声で答えた。

近松が口にした名である。一舟でも、その名を使っていたようだ。

「ふたりは、牢人かい」

「いえ、市橋さまはお旗本のようでした」

おちかによると、市橋は仕立てのいい羽織袴姿だったという。物言いも、旗本らしかったそうである。

「栗林は？」

「……分かりません。ただ、市橋さまより、ご身分は低いようでした」

おちかは小首をかしげながら言った。

小身の旗本か御家人ではないか、と彦六は思った。となると、武士が三人いることになる。一舟で近松と同席した旗本か御家人ふうの武士がふたり、それに出合茶屋に乗り込んで利之助を脅した牢人である。さらに、お仙と町人体《てい》の男がいた。いま、分かっているだけでも、強請《ゆすり》一味は五人である。もっとも、牢人が旗本らしく身を変えていれば、武士はふたりということになるが。

「三人はどんな話をしたんだ？」

彦六が声をあらためて訊いた。

「市橋さまと栗林さまが、両国広小路の人出の話をしてたようでしたが、近松さまは口をつぐんだままでした。それに、大事な話があるので席をはずすように言われ、わたし、すぐに座敷を出ましたから……」

三人は、おちかに聞かれてはまずいと思ったのだろう。南部家の強請にかかわる話かもしれない。

「ところで、市橋と栗林の住いを知ってるか」

彦六はふたりの正体をつきとめたかった。それには、まず住居をつきとめねばならない。

「さァ、知りませんけど」

おちかは素っ気なく言った。

「ふたりの武士の体付きや人相は」

彦六が訊いた。三人の話は聞かなくても、おちかは宴席で顔を合わせているのである。

「市橋さまは、痩せていました。栗林さまは、大柄でどっしりした感じがしました」

市橋はのっぺりした顔で目が細かったという。一方、栗林は眉の太い、いかめしい顔付きだったそうである。

そんな話をしているうちに、ふたりは一舟の前まで来ていた。

「わたし、これで」

おちかはそう言うと、逃げるように彦六のそばから離れた。

彦六は、黙っておちかの背を見送った。おちかから、これ以上訊くこともなかったのである。

桟橋に下りる石段へもどると、宇吉の姿はなかった。舟が一艘すくなくなっているので、客を迎えに舟で桟橋を離れたのだろう。

それから、彦六は大川端沿いの店を覗きながら、川下にむかって歩いた。聞き込みをしている浜吉の姿を探したのである。

二町ほど歩いたとき、小間物屋から浜吉が出てきた。

すぐに、浜吉が走ってきた。

「親分、どうしやした」

息を切らせながら、浜吉が訊いた。

「腹がへったので、めしでも食おうと思ってな」

陽射しは強かったが、西の空にまわりかけていた。八ツ（午後二時）ごろであろう。彦六たちは、まだ昼めしを食っていなかったのだ。浜吉も腹をすかせているはずである。彦六は、めしを食いながら聞き込んだことを浜吉から聞こうと思ったのだ。

「そいつはいいや」

浜吉が声を上げた。

彦六たちは、大川端沿いの道に一膳めし屋を見つけて入った。めしを食いながら、ふたりで聞き込んだことを話したが、浜吉もたいしたことはつかんでいなかった。

彦六が聞き耳を立てたのは、丸木屋の倅《せがれ》の利之助が、おらんという女と歩いていたのを酒屋の親爺が見ていたらしい、と浜吉が話したときだった。

「お仙じゃァねえのかい」

彦六が聞いていたのは、お仙という女だった。

「あっしも、お仙じゃァねえかと念を押したんでさァ。そうしたら、親爺は、おらんはあばずれで、いろんな名を使って男を誑《たら》し込んでるって言ってやしたぜ」

「そいつだな」

お仙でなく、おらんが本当の名だろうと思った。町方の探索を恐れて、偽名を使ったのであろう。

「おらんも、一味のひとりだな。……塒《ねぐら》をつきとめれば、一味のやつらも嗅ぎ出せるぜ」

　彦六が目をひからせて言った。

　その日、彦六と浜吉は陽が沈み、暮れ六ツ（午後六時）の鐘が鳴るまで、柳橋で聞き込みをつづけた。

　柳橋は船宿、料理屋、料理茶屋などが多かったので、陽が沈んでからも、町筋は華やいだ雰囲気につつまれていた。聞き込みはまだつづけられたが、今日のところはこれまでということにし、見世物小屋に立ち寄り、八九郎にこれまで探ったことを報《し》らせてから帰ることにした。ふたりとも、長時間歩きまわったので疲れたのである。

　ふたりは、料理茶屋や料理屋などが並んだ賑やかな通りから大川端へもどった。神田川にかかる柳橋を渡って両国広小路に出るつもりだった。

　ふたりが、大川端へ出てすぐだった。

　手ぬぐいで頰《ほ》っかむりした牢人がひとり、路地から大川端へあらわれ、ふたりを追い始めた。小走りに、ふたりに迫ってくる。

3

「親分、妙なのがいやすぜ」

浜吉が彦六に身を寄せて言った。

半町ほど前方の川岸の樹陰に、大柄な武士がひとり立っていた。羽織袴姿で二刀を帯びている。武士はしころ頭巾をかぶって、顔を隠していた。

「やつは、おれたちを狙っているのかもしれねえ」

そのとき、彦六の脳裏に、一舟で近松に会ったという大柄な武士のことがよぎったのである。

武士はゆっくりとした歩調で通りへ出ると、彦六たちの方へ歩を寄せてきた。

「浜吉、逃げるぜ」

そう言って、彦六が後ろを振り返った。

「後ろからもきやがった！」

手ぬぐいで頰っかむりした牢人だった。左手で鍔元《つばもと》を押さえ、すこし前屈みの格好で小走りに近付いてくる。その姿に、獲物を追う肉食獣のような雰囲気がただよっていた。

「お、親分、逃げられねえ！」

浜吉が、ひき攣《つ》ったような声を上げた。

「逃げるしか手はねえ」

すばやく、彦六は周囲に目をやった。左手は大川、右手は店仕舞いして大戸をしめた表店《おもてだな》がつづいていた。逃げ場がない。

「浜吉、つっ走るぞ！」

咄嗟《とつさ》に、彦六は右手前方に走った。前から来る大柄な武士は、川岸近くを小走りに迫ってくる。彦六は、表店寄りを走れば、武士の脇をすり抜けられるかもしれないと思ったのだ。

彦六は走った。浜吉がつづく。

武士は、彦六たちの行く手をふさぐようにまわり込んできた。思ったより動きが敏《びん》捷《しょう》である。

「ちくしょう！」

彦六は十手を懐から引き抜いた。

浜吉も目をつり上げて、十手を握りしめている。

その日、八九郎は寅次一座の小屋の楽屋にいた。お京を相手に酒を飲んでいたのである。ただ、八九郎がお京に酌を頼んだわけではない。八九郎がひとりで酒を飲んでいると、軽業《かるわざ》の演《だ》し物を終えたお京が勝手に入り込んできて酌をし始めたのだ。

そのとき、楽屋を囲った筵《むしろ》の向こうで慌ただしそうな足音と喘《あえ》ぎ声が聞こえた。

「嵐さま、だれか来ますよ」

お京が立ち上がって、筵を持ち上げた。

夕闇のなかに、よろけながら走り寄ってくる人影が見えた。

「あ、嵐さま！」

お京が筵を垂らし、顔をこわばらせて後じさりした。

「どうした？」

八九郎は、お京のただならぬ様子にすぐに立ち上がり、筵を撥ね上げた。

町人体の男が駆け寄ってくる。

咄嗟に、八九郎はだれだか分からなかった。ひどい姿だった。ざんばら髪で、顔がどす黒い血に染まっている。胸のあたりがはだけ、着物の裾が垂れ下がっていた。つり上がった目が、薄闇のなかに白くひかっている。

「だ、旦那ァ！　親分が」

浜吉が悲鳴のような声を上げた。

「浜吉か！」

ひどい姿だったが、浜吉だった。

「親分が殺《や》られる！」

「どこだ、場所は」

八九郎は、すぐに状況を察知した。彦六と浜吉が何者かに襲われたのだ。

「や、柳橋を渡った先で……」

それだけ言うと、浜吉はハァハァと荒い息を吐きながらその場にへたり込んだ。

「すぐ、行く」

八九郎は楽屋に取って返すと、刀をつかんで飛び出した。

「あたしも行く！」

お京が叫びながら、追ってきた。

「お京、おまえは浜吉の面倒をみろ！」

走りながら八九郎が叫んだ。相手が何人か分からないが、お京はかえって足手《あして》纏《まと》いである。

お京は足をとめた。へたり込んでいる浜吉を、その場に残して行けないと思ったのかもしれない。

八九郎は走った。日中は大勢の老若男女で賑わっている両国広小路だが、いまは人影がまばらだった。床店は店仕舞いし、芝居小屋や見世物小屋もはねたらしく、ひっそりとしている。

八九郎は広小路を走り抜け、神田川にかかる柳橋を渡った。大川沿いの通りは、夕闇につつまれていた。黒ずんだ川面が無数の起伏を刻んで、滔々《とうとう》と流れている。ふだんは、猪牙舟や艀などが行き交っているのだが、いまはほとんど船影がなかった。ときおり、客を乗せた猪牙舟が通り過ぎていくだけである。

八九郎が大川端に出て、数町走ったときだった。店仕舞いした表店の軒下寄りをよろめきながら歩いてくる人影が見えた。

「彦六！」

八九郎が声を上げた。

彦六は足をとめたが、返事はしなかった。いや、できなかったのだろう。

「やられたのか！」

八九郎は彦六のそばに走り寄った。

肩口から胸にかけて、着物がザックリと裂けていた。あらわになった肌が赭黒《あかぐろ》く染まり、着物がどっぷりと血を吸っている。

「め、面目ねえ……」

彦六が照れたような表情を浮かべたが、すぐに苦痛にゆがんだ。顔が土気色《つちけいろ》をし、体が小刻みに顫えている。

……血をとめねば、あぶない！

と、八九郎はみてとった。傷は深くなくとも、人は出血が多いと死ぬことを知っていたのである。

「彦六、ここに腰を下ろせ」

八九郎は彦六の肩に手を添えて、そこに尻餅をつかせた。いまは、すこしでも出血をとめることが大事だった。

八九郎は刀の先で彦六の着物を裂いて、肩先から胸にかけて肌をあらわにした。肩口から胸にかけて、五寸（一寸は約三センチ）ほどの刀傷があった。それほど深くはないようだったが、ひらいた傷口から血が迸《ほとばし》るように出ている。

八九郎はすばやく自分の着物の両袖を切り落とし、ひとつはさらに切り裂いて方形に畳み、傷口をふさぐように押し当てた。そして、もうひとつの袖を帯状に切り裂いて、肩から腋にかけてまわしながら強く縛った。

そこへ、寅次が数人の座員を連れて駆けつけた。お京が寅次に話したらしい。

「ひどい傷だ」

寅次が顔をゆがめた。

「ともかく、小屋へ運んでくれ」

八九郎は、彦六を横にして休ませたかった。

彦六は寅次や座員たちの手で、見世物小屋の楽屋へ運ばれた。そして、近所に住む町医者の東庵《とうあん》が呼ばれた。彦六の傷は思ったより深く、八九郎の応急処置では済まされなかったのである。

一方、浜吉の傷は浅手だった。やはり、肩先を斬られていたが、薄く皮肉を裂かれただけである。

東庵は彦六の傷の治療を終え、帰り際に、

「今夜がやまですな」

と言い置いて、帰った。

「だ、旦那、面目ねえ。相手は、ふたりなんで……」

東庵が帰ると、彦六は首をもたげて話しかけた。

「話は明日だ。今夜は、ゆっくり休め」

八九郎は、彦六を制した。ともかく、彦六を安静に寝かせておくことが大事だった。

その夜、八九郎は彦六の枕元に座し、小屋を支える丸太に背をあずけて目をとじていた。浜吉も八九郎のそばに胡座をかいたまま、彦六の枕元から離れなかった。

楽屋の隅に置かれた行灯の明りに、彦六の顔がぼんやりと浮かび上がっている。彦六は額《ひたい》に汗をかき、低い呻《うめ》き声を洩らしていた。それが、夜更けまでつづいたが、明け方ちかくなって眠ったらしく、不規則な寝息が聞こえてきた。

八九郎は目をあけ、彦六の顔を凝《じっ》と見つめていた。寝息は乱れ、ときどき苦しげに顔をゆがめたが、息の音がとぎれたり、細くなったりすることはなかった。

……なんとか、もってくれ。

八九郎は胸の内で祈った。

垂れた筵や莫蓙の隙間から、ほのかな乳白色のひかりが射し込んでいた。そろそろ払暁《ふつぎょう》であろうか。

いつの間にか、浜吉は横になって眠っていた。疲れたのだろう。

淡いひかりのなかに彦六の顔が浮かび上がったように見えていた。土気色だった顔が、いくぶん赤みを帯びている。まだ寝息は乱れていたが、こころなしか力強くなったように感じられた。

……もつかもしれない！

と、八九郎は思った。

やがて、明け六ツ（午前六時）の鐘がなった。楽屋は行灯の火を必要としないほど、明るくなっていたが、彦六は眠りつづけていた。

いっとき前から、小屋の裏側の座員たちが寝起きする楽屋が騒がしくなっていた。すでに、一座の一日は始まっているのである。

4

「それで、彦六は助かったのか」

玄泉が目を剝《む》いて訊いた。

沖山とおけいも、顔をこわばらせて八九郎に顔をむけた。

船宿、船甚の二階の座敷である。この日、八九郎は浜吉に連絡させ、玄泉、沖山、おけいの三人を集めたのだ。

「だいじょうぶだ。しばらく動けないが、命に別状はない」

八九郎が一同に視線をまわしながら言った。

彦六と浜吉が、ふたりの武士に襲われてから五日経っていた。彦六は三日間、寅次の小屋で過ごした後、駕籠《かご》で長屋へ帰っていた。

「それで、彦六たちを襲ったのは、ふたりの武士だそうだな」

沖山が訊いた。

「へい、ひとりは大柄な御家人ふうの男で、もうひとりは牢人でした」

浜吉が、そのときの様子を話した。

店仕舞いした表店の方へ逃げたふたりの前に、大柄な武士がまわり込んできたという。

彦六が十手を前に突き出すように構え、

「浜吉、逃げろ！」

と、叫んだ。

だが、浜吉は逃げなかった。親分を残して、浜吉だけ逃げるわけにはいかなかったのである。

大柄な武士は刀を抜くと、いきなり浜吉に斬りかかってきた。咄嗟に、浜吉は後ろへ跳んだが、間に合わず、肩先を斬られた。浜吉は体勢をくずしてよろめいたが、武士は追ってこず、彦六に斬りつけたという。

彦六も後ろへ跳んだが、大きくよろめいた。

すかさず、武士は彦六の前に踏み込み、二の太刀をふるった。

彦六が絶叫を上げてのけ反《ぞ》った。浜吉の目の端に、店仕舞いした表店の大戸の前に倒れ込む彦六の姿が映った。

……親分がやられた！

そのとき、浜吉は激しい恐怖に襲われ、頭のなかが真っ白になった。咄嗟に、浜吉は手にした十手を大柄な男に投げつけると、飛び込むような勢いで男の脇をすり抜けて走りだした。自分でも何をしているのか分からなかった。

いっとき走ったとき、後ろの方で、だれか、斬られてるぞ！　辻斬りだ！　人殺し！　などと叫ぶ、何人もの声が聞こえた。浜吉が走りながら振り返ると、彦六が斬られたあたりで数人の人影が交錯しているのが見えた。

後で彦六から聞いて分かったことだが、五、六人の船頭が通りかかり、ふたりの武士が覆面や手ぬぐいで顔を隠し、刀を手にしているのを見て騒ぎたてたのだという。

その騒ぎで、ちかくの表店の住人が大戸をあけて顔を出したこともあり、ふたりの男はその場から逃げるように立ち去ったという。

「あ、あっしは、怖くて逃げ出したんでさァ」

浜吉は肩をすぼめ、声を震わせて言った。顔が、いまにも泣き出しそうにゆがんでいる。

「浜吉、おまえがその場に残ったら、彦六が助けられたか」

八九郎が訊いた。

「そりゃァ無理だ。おれなんか、何の役にもたたねえ」

「それでは、逃げたことにはなるまい。おまえは、彦六を助けるために、おれを呼びに来たのだ。彦六が言ってたぞ。浜吉がおれを呼んできてくれたから、助かったんだってな」

「お、親分が、そう言ったんですかい」

「そうだ。彦六を助けたのは、おまえかもしれんぞ」

八九郎がそう言うと、

「おれが、助けたわけじゃァねえや」

浜吉は照れたように笑いかけたが、顔が奇妙にゆがんだだけである。

八九郎と浜吉の話を聞いていた玄泉が、

「それで、大柄な武士と牢人の正体は知れたのか」

と、訊いた。

「おぼろげながら、強請一味の何人かが知れてきた」

八九郎が口にしたのは、五人だった。これまで、彦六たちや玄泉が探ってきたことから判断したのである。

市橋と名乗る旗本ふうの武士。痩身で、のっぺりした顔の主だという。

栗林と名乗る御家人ふうの武士。大柄で、眉が太く、いかめしい顔付きをしている。

得体の知れぬ牢人。出合茶屋に乗り込み利之助を脅した男である。

色白の女のおらん。お仙と名乗って利之助を誑《たぶら》かした。

辰蔵。福寿屋から金を脅し取った男である。

「ところで、突きを遣う男は？」

沖山が、くぐもった声で訊いた。

「はっきりしたことは分からんが、牢人のような気がする」

大柄な武士は、彦六と浜吉を襲ったとき、突きを遣っていなかった。大柄な武士が突きの名手なら、どちらかに突きを遣ったはずである。また、旗本ふうの武士は、南部家の強請のおりにしか姿を見せていなかった。市中を出歩くことは、すくないのだろう。となると、定造や近松を斬殺した男は、牢人とみていいのではないか。

「これからどうする」

玄泉が訊いた。

「これまでのように、事件の跡をたどって下手人を割り出すような手は使いたくないのだ。彦六のような目に遭わないためにも、早く下手人をつきとめたい。一味の者は、おれたちのことに気付いているようだからな」

彦六と浜吉は、事件を探っていることを気付かれて襲われたのではないか、と八九郎はみていたのだ。

「おれも、同じ考えだ」

沖山が言った。

「おらんか辰蔵を押さえるのが、手っ取り早いような気がするが」

「よし、おれが辰蔵を探しだす」

玄泉が声を強くして言った。

「あっしは、おらんの塒をつきとめやすぜ」

つづいて、浜吉が言った。

「浜吉、まだ動きまわるのは早いぞ。おまえは、一味に目をつけられているはずだからな」

八九郎は、しばらくの間、浜吉を聞き込みに歩かせないつもりでいた。

「へ、へい」

浜吉が首をすくめるようにして言った。

「おれは、突きを遣う男だな」

沖山がくぐもった声で言った。

沖山は江戸の町道場をまわり、突きを得意としている遣い手を洗っていたが、下手人につながるような情報はつかんでいないようだった。

「ともかく、油断するなよ。今度の相手は、一筋縄ではいかない者たちのようだ」

八九郎が、けわしい顔で言った。

5

寅次一座の小屋の裏手には、八九郎の住む楽屋の他に座員たちが寝起きしている部屋もあった。部屋といっても筵、菰《こも》、莨蓙などでかこわれ、低い床板の上に莨蓙を敷いただけの狭い空間である。

部屋と部屋の間には筵や莨蓙が垂れていたが、それだけでは足りず、長持やつづらなどを置いて仕切ってあった。そうした部屋に、お京や他の女軽業師も寝起きしていたのである。

お京が垂れた莨蓙の間から顔を覗かせ、

「嵐さま、お酒あるの？」

と、小声で訊いた。

「いや、いい」

貧乏徳利の酒は空だったが、いまからお京を買いにやるのは気がひけた。お京は最後の演し物を終え、自分の部屋にもどったばかりだったのだ。

暮れ六ツ（午後六時）の鐘が鳴って間もなくだった。筵でかこわれた楽屋は薄暗かったが、まだ、行灯に火を入れるほど暗くはない。それに、こうした小屋掛けの一座にとって、もっとも気をつけなければならないのは火だった。よほどのことがなければ、燭台《しょくだい》や行灯の火は使わなかった。めしの煮炊きなども、小屋の外でしていたが、仕出しや外食で済ませることも多かった。

「あたし、買ってきてあげる」

お京が莫蓙を分けて、入ってきた。

「それより、お京、夕めしを食ったのか」

八九郎が訊いた。

「まだだけど」

「どうだ、ふたりで近所のそば屋にでも行かないか」

八九郎も夕餉《ゆうげ》は、まだだった。近くのそば屋か一膳めし屋にでも行ってすませようと思っていたところである。

「嵐さまといっしょに」

お京が嬉しそうに目を細めた。

「そうだ」

「行こう、行こう」

お京が飛び跳ねながら声を上げた。まるで、子供のようなはしゃぎようである。

「では」

八九郎が腰を上げた。

そのとき、筵の向こうから近付いてくる足音が聞こえた。

お京が莨蓙の間から覗き、

「お侍さまですよ」

と、小声で言った。

「だれかな」

「あのひと、前にも来たことがありますよ」

「どれ……」

八九郎はお京の脇から顔を覗かせた。

淡い暮色のなかに、羽織袴姿で二刀を帯びた武士が立っていた。武藤だった。

「嵐どの、おられるか」

武藤が外から声をかけた。

八九郎は垂れた莨蓙の間から小屋の外に出た。

「武藤どの、何用でござる」

八九郎が訊いた。

「嵐どの、お見えでござるぞ」

武藤が慇懃《いんぎん》な口調だが、声をひそめて言った。

「だれが、お見えなのだ」

「後ろ、後ろ」

小声で言って、武藤が背後を振り返った。

武士がひとり立っていた。羽織袴姿で二刀を帯び、しころ頭巾をかぶっている。咄嗟に、八九郎の脳裏に強請一味の武士のことがよぎった。

「何者だ？」

八九郎が訊いた。

「お奉行であられる。お奉行で」

武藤が慌てて八九郎に身を寄せ、耳元でささやいた。

「お奉行が……」

そう言われてみれば、奉行の遠山である。

「嵐どのに、話があるそうだ。それに、市中の巡視もかねて、おいでになられたのだ」

「わ、分かった」

八九郎が遠山の方へ歩きかけると、後ろから袖を引く者がいた。

「嵐さま、夕餉は」

お京が小声で訊いた。

「あ、後だ。めしは後だ」

八九郎が切羽詰まったような声で言うと、お京は袖から手を離した。前方に立っている武士はただ者ではない、と気付いたのだろう。

「八九郎、手間をとらせるな」

遠山が目を細めて言った。微笑んだらしい。

「このような所に、お出ましにならずとも、それがしが御番所（奉行所）にうかがいましたのに……」

八九郎が恐縮して言った。

「いやいや、市中巡視が目的でな。それに、八九郎が宿にしている小屋も見てみたいと思ったのだ」

遠山は見世物小屋を見上げ、なかなか大きな小屋ではないか、と感心したように言い添えた。

「お奉行、どのようなご用でございましょうか」

八九郎が声をひそめて訊いた。武藤は、遠山が八九郎に話があってきたと口にしたのだ。わざわざ遠山が、お忍びで来たということはよほど大事な話であろう。

「そうそう、八九郎の耳に入れて置きたいことがあってな」

遠山が言った。大きな声である。

「………」

八九郎は遠山に身を寄せた。小屋はすこし離れていたが、座員たちの耳にとどくかもしれないのだ。

「いい宵ではないか。どうだな、大川端をそぞろ歩きながらと洒落込んでは」

遠山がまた目を細めた。

「お供つかまつります」

八九郎が、うなずいた。小屋の陰につっ立って話すよりは、大川端でも歩きながら話した方が気分がいいだろう。

6

八九郎、遠山、武藤の三人は、大川端を川下にむかって歩いた。辺りは暮色につつまれ、大川端の人影もまばらだった。

大川の黒ずんだ流れが、遠く江戸湊《みなと》の彼方までつづいていた。夕闇のなかに、川面と一体となった海原が黒く茫漠とひろがっている。船影はほとんどなかった。ときおり、川面にちいさな白い波頭が立ち、それが魚鱗でもひかったように見えた。

「どうだ、南部家の用人を斬った者たちのことで何か知れたか」

歩きながら遠山が訊いた。

「おぼろげながら、一味の者たちがみえてきました」

八九郎は、これまで探ったことから五人のことをかいつまんで話した。

「その旗本らしき男が、一味の頭《かしら》かもしれんな」

遠山が大川の川面に目をやりながら言った。

武藤は遠慮して、ふたりからすこし間を取って跟《つ》いてくる。

「それがしも、そうみております」

八九郎も、四人を束ねているのは旗本ふうの男だとみていた。それも、本当に身分のある旗本かもしれない。

「ちかごろ、小普請《こぶしん》の者は大身の旗本であっても身をもちくずし、怠惰な暮らしに耽《ふけ》っている者がおるからな」

遠山が言った。

「いかさま」

八九郎も、武士の風上にも置けぬ非道をなす、くずれ御家人や小旗本の噂を耳にしたことがあった。

「町方が手を出せぬこともあって、かえって悪業をなすのかもしれぬな」

遠山がつぶやくような声で言った。

ふたりはしばらく無言のまま歩いた。汀に寄せる大川の波の音が、絶え間なく聞こえてくる。

「八九郎」

遠山が八九郎に顔をむけた。

「実はな、また、別の件で頼みがあってな」

「どのようなことでございましょう」

「別の旗本が、何者かに大金を強請り取られたようなのだ」

「金を強請られた……」

八九郎は、これまでの件と同じ筋だと直感した。

「そうだ」

旗本の名は、細川恭之助《ほそかわきようのすけ》。御書院御番組頭で、千石を食《は》んでいるという。

御書院御番は、将軍を守って営中の要所を固め、将軍の出行のおりには前後を護衛する。組頭は、六番まである御書院御番の各組衆を指揮する役柄である。

「噂でな、はっきりしたことは分からぬが、脅し取られたのは千両ほどらしい」

遠山と面識があり、細川の上司にあたる御書院御番頭、北島惣八郎《きたじまそうはちろう》から、このまま放置できぬゆえ、下手人を始末していただけまいか、とひそかに依頼されたという。

「ただし、いまのところ公《おおやけ》にはできぬ。細川はむろんのこと、御書院御番にも疵《きず》がつくからな」

遠山の顔に憂慮の翳《かげ》があった。依頼どおり、ひそかに事件を始末するのは難しいとみているのだろう。

「それで、相手は分かりましょうか」

八九郎が訊いた。

「分からぬが、やはり強請一味に旗本がくわわっているらしいのだ」

遠山が北島から聞いた話として、細川家にあらわれた武士が、相応に身分のある旗本だったらしいと伝えた。細川が屋敷にいないときを狙ってあらわれたらしく、何者かは分からなかったという。

「何を理由に、金を脅し取られたのです」

細川家は、強請一味に公にできない弱みを握られたにちがいない。

「北島どのは、はっきり言わなかったが、倅の不始末らしい」

「倅の不始末……」

「放蕩《ほうとう》者らしい。若いころのおれのようにな」

遠山はそう言って、遠くを見るような目をした。

「お奉行」

八九郎が声をあらためて言った。

「細川家の件も、南部家の一件と同じ筋のようです」

「うむ……」

「いずれも、一味の者たちに何か弱みを握られ、多額の金を脅し取られております。同じように、福寿屋と丸木屋も強請られていました。それに、殺されたのは、強請一味と交渉にあたった者たちではないかとみております」

まだ、推測だったが、八九郎はまちがいないとみていた。

「一味の要求に応じず、談判に来た者を始末したというわけだな」

「いかさま」

「いずれにしろ、一刻も早く、一味を始末せねばならぬな。……さらに、幕府の要職にある者が、そやつらの餌食になるかもしれん」

遠山の顔がけわしくなった。

「…………」

「これ以上、事件がつづけば、幕府の要職にある旗本が強請られたことが世間に露見し、お上の御威光にも疵が付こう」

八九郎と遠山は、新大橋の手前まで来ていた。いつの間にか、大川端は夜陰につつまれ、上空には星がまたたいている。

「八九郎、一味の頭は、おれと似て遊び人かもしれんぞ」

遠山が声を低くして言った。

「いえ、お奉行とは似ておりませぬ」

八九郎が足をとめ、はっきりと言った。

「どうしてだ？」

遠山も足をとめ、八九郎に目をむけた。

「お奉行は、放蕩三昧《ざんまい》の暮らしのなかでも、非道を憎むお気持ちは失わなかったはずでございます」

だからこそ、遠山は市民から金さんと呼ばれて親しまれたのである。

「そうよな。……おれは、人殺しも、人の弱みにつけこんで金を脅し取ったりもしなかったな」

遠山は、ゆっくりとした歩調で夜陰のなかへ歩きだした。

7

京橋、三十間堀町一丁目。沖山はひとり、三十間堀沿いの道を歩いていた。堀沿いの道に、小野《おの》派一刀流の小久保《こくぼ》道場があったのを思い出し、足を運んで来たのである。道場主は小久保源左衛門《げんざえもん》、中西《なかにし》派一刀流の牙城である下谷《したや》練塀小路《ねりべいこうじ》にある道場の高弟だったが、独立して道場をひらいたのである。

沖山は同じ一刀流だが、浅利又七郎《あさりまたしちろう》の浅利道場で修行したので、小久保の名は知っていたが、面識はなかった。なお、北辰《ほくしん》一刀流をおこした千葉周作《ちばしゅうさく》も浅利道場で修行したのである。

ただ、沖山はあまり期待していなかった。これまで、突きを得意とする手練《てだれ》を探して、市中の町道場をいくつかまわったが、何の成果もなかったのだ。無理もない。突きの得意な手練というだけでは、人物が特定しにくいのである。

「あれだったかな」

通り沿いにつづく町家の間に、道場らしい家屋があった。家の片側は軒下ちかくまで板壁になっていて、連子窓《れんじ》がついていた。

近付くと、甲高い気合、竹刀《しない》を打ち合う音、床を踏む音などが聞こえてきた。剣術の道場である。稽古《けいこ》をしているらしい。それほど大きな道場ではないが、活気があった。

沖山は玄関の方へまわった。板戸はあけられたままで、土間の先に狭い板敷の間が見えた。その先が道場になっているらしく、激しい稽古の音がひびいている。

「お頼みもうす。どなたか、おられぬか」

沖山は土間に立って大声を上げた。大声を出さないと、稽古の音に掻《か》き消されてしまうのだ。

いっとき待つと、稽古着姿の若侍が姿を見せた。顔に汗が浮き、稽古着も汗で濡れている。稽古中だったらしい。

若侍は沖山を見て怪訝《けげん》な顔をした。一見して、牢人と分かる風貌だったからであろう。

「それがし、沖山小十郎ともうす。浅利道場で一刀流を学んだ者でござる。小久保どのに御目通りを願いたいが」

沖山は、小久保も自分の名ぐらいは知っているだろうと思ったのだ。

「しばし、お待ちを」

若侍はそう言い残し、慌てて道場へもどった。

しばらくすると、若侍がもどってきて、

「お師匠がお会いするそうです。どうぞ」

と言って、沖山を板敷の間に上げた。

正面の引き戸をあけると、その先が道場で、数人の男が防具を身に付けて竹刀で打ち合っていた。試合稽古中である。試合稽古は、実戦を想定して竹刀で打ち合う稽古である。

道場の両脇に十数人の門弟が立っていたが、沖山と若侍に目をくれたのは数人だった。面《めん》をかぶっているので、気付かないようだ。

正面の師範座所には、だれもいなかった。道場主の小久保は別の部屋で待っているのであろう。

若い門弟が連れていったのは、道場の奥にある小座敷だった。来客の応接用の部屋らしい。その部屋に五十がらみの男が端座していた。小久保源左衛門である。

大柄で胸が厚く、どっしりした体軀《たいく》の主だった。眼光がするどく、身辺に剣の遣い手らしい威風がただよっている。

小久保は沖山が対座するとすぐ、

「浅利道場の沖山どのともうされたな」

と、訊いた。沖山を見つめた目に刺すようなひかりがある。

「いかにも。牢人の身ではござるが、数年前まで浅利道場で一刀流を学んでおりました」

「沖山どののことは、聞いた覚えがある」

小久保の顔が、いくぶんやわらいだ。他流の者の道場破りではないとみたからであろう。

「稽古のご指南のおり、ぶしつけに押しかけて、まことにもうしわけござらぬ」

沖山は非礼を詫《わ》びた。

「して、ご用の筋は？」

小久保が訊いた。

「それがし、ある者を探しております。名は分からぬが、突きを得意とする剣の遣い手です」

「一刀流かな」

「それが、何流かも知れませぬ」

「それだけでは、分からぬな。わしの道場にも、遣い手ではないが突きを得意とする者は、何人かおるぞ」

小久保が苦笑いを浮かべた。

もっともである。突きを得意とする遣い手だけでは、雲をつかむような話である。

「その者、突きにこだわり、真剣を遣っても、喉から盆の窪に切っ先が抜けるほどの剣を遣います」

沖山は、定造たちを斬った下手人は異常だと思っていた。素手の町人に対しても、喉から盆の窪に切っ先が抜けるような突きをみまっているのである。

「ほう……」

小久保は虚空に視線をとめて凝《じっ》としていた。その顔からおだやかな表情が消え、けわしい面貌《おもて》に変わってきた。双眸に射るようなひかりを宿し、剣客らしい凄みがある。

「その者、牢人でござる」

沖山が言い添えた。

「……尾形半兵衛《おがたはんべえ》かもしれぬ」

小久保が低い声で言った。

「尾形とは？」

「十四、五年ほども前になろうか。……尾形は、わしの道場の門弟だったのだ。ただし、三年ほどでやめている」

当時、尾形は十七、八歳だったという。牢人の倅だが、父親が剣で身を立てさせてやりたいと少年のころから道場に通わせたそうだ。

「そのころは、稽古熱心で剣の才もあったのか、年々腕を上げてな。同じ年頃の者は寄せ付けないほどになったのだ」

「そのころから、突きを得意にしていたのですか」

「いや、ちがう。稽古中に突きを遣うことすら、まれだった。……ところが、稽古中に高弟から突きをもらい、それが喉に入って後ろへ転倒し、気絶してしまったのだ。尾形が突きにこだわるようになったのは、その後だ」

尾形は執拗に突きの稽古に取り組んだという。そして、一年もすると、突きの尾形と呼ばれるようになった。ところが、突きの腕が上がるにつれ、門弟たちは尾形と稽古をするのを嫌がるようになったそうである。

「そこもとには、分かるだろう。まともに突きを食らうと、後ろに突き飛ばされるだけでなく、気絶してしまうことがある。しかも、竹刀の先が前垂《まえだれ》（面の下に付いている喉を守る部分）を逸《そ》れて直《じか》に喉に入ると、命を落としかねないからな」

「もっともです」

　剣術の稽古のおり、突きを食らうのは嫌である。

「ある日、尾形は自分に突きをみまって気絶させた高弟と稽古し、激しい突きを放ち、その高弟を気絶させてしまったのだ」

　その後、尾形はすぐに小久保道場をやめてしまったという。高弟の報復を恐れたこともあったが、他の門弟たちが尾形を嫌っていたので、それ以上道場にいられなくなったそうである。

「ここを出た後、尾形は他の道場に通うようになったが、長つづきしなかったようだ。そのようなおり、父親が亡くなり、尾形は道場へ通うことができなくなった。牢人の身では、稼がねば食っていけぬからな」

　そこまで話して、小久保は口をつぐんだ。じゅうぶん話したと思ったのかもしれない。

「道場をやめた尾形は、何をして暮らしていたのです」

　かまわず、沖山が訊いた。

「道場をやめてからのことは知らんな。暮らしが荒れて、賭場などにも出入りしていると聞いた覚えがあるが……」

小久保は語尾を濁した。はっきりしないのであろう。

「沖山の住いを、ご存じですか」

沖山は、尾形が定造や近松を斬った牢人だろうと思った。塒をつきとめれば、正体もはっきりするだろう。

「わしの道場に通っていた当時は、木挽町《こびきちょう》で暮らしていたが……。たしか、惣兵衛店《そうべえだな》だったな。いずれにしろ、尾形は、父親の死後木挽町から越したようだ。いまは、どこで暮らしているか分からんな」

小久保は、もういいだろう、というふうに道場の方へ目をやった。

まだ、道場の稽古は終わらないらしく、気合や竹刀を打ち合う音などが聞こえていた。

「お手間を取らせました」

沖山は小久保に礼を言って腰を上げた。

第四章　旗本屋敷

1

旗本、山岸綾之助《やまぎしあやのすけ》の屋敷は、神田橋御門近くの錦小路と呼ばれる通りに面していた。

山岸家の禄高は四百石だが小普請だった。屋敷は四百石の旗本に相応《ふさわ》しい片番所付の長屋門である。ただ、門扉はしまったままで、門番もいないようだった。くぐりが、すこしだけあいているのは、勝手にそこから出入りしていいということであろうか。

屋敷内はひっそりとして、荒廃した雰囲気がただよっている。しばらく植木屋も入っていないらしく、庭に植えられた松、椿、梅などが、ぼさぼさに枝葉を繁茂させていた。地面は雑草でおおわれている。

　奥まった座敷に、いくつかの人影があった。酒肴の膳を前にして酒を飲んでいる。当主の山岸綾之助、御家人ふうの林崎重右衛門《はやしざきじゅうえもん》、牢人体の尾形半兵衛、それに辰蔵とおらんだった。強請一味である。

　山岸が市橋と名乗った一味の首謀者だった。林崎は栗林を名乗った男である。

「細川からも、うまく金がとれたな」

　山岸が口元にうす笑いを浮かべて言った。

　歳は三十四、五であろうか。旗本らしい上物の小紋の羽織と同柄の小袖姿だった。色白でのっぺりした顔をしていた。目が細く、唇が妙に赤かった。色白の肌が酒気を帯びて、ほんのりと朱に染まっている。

「八百両もの大金、すんなり出すとは思いませんでした」

　林崎が胴間声で言った。大柄で肩幅がひろく、どっしりとした体付きをしている。顔が赭黒いのは、酒のせいかもしれない。

　一味は細川家に千両要求した。ところが、細川家が大身の旗本であっても、右から左へと簡単に千両の金は集まらない。要求された日までに、何とか掻き集めたのが八百両だったのだ。

一味が手にした八百両の金は、山岸と林崎が二百五十両ずつ、尾形、辰蔵、おらんで百両ずつ分けていた。強請りとった金は、そのときの働きによって分けていたのだ。旗本が相手の場合は、どうしても山岸と林崎が多くなる。

「なに、倅の不始末が表に出れば、細川家の面目がつぶれるだけではないからな。下手をすれば、御書院御番組頭の職を辞さねばならなくなる。八百両なら安いものだ」

山岸がうそぶくように言って、うまそうに杯をかたむけた。

「山岸さま、だいぶ懐《ふところ》が暖かくなりましたねえ」

おらんが山岸の方へ膝を寄せ、銚子を手にして甘えるような声で言った。

おらんは山岸の配下であると同時に、情婦《いろ》でもあった。辰蔵や尾形たちと山岸屋敷に出入りしているうちに、体の関係ができたのである。

「まだたりぬ」

山岸が杯に酒を受けながら、

「家柄も役職も、どうでもいい。この世は浮世だ。おもしろおかしく暮らすには、金がいる」

そう言って、ゆっくりと杯をかたむけた。

「次は、どうします」

林崎が訊いた。

林崎は御家人ではなかった。山岸家に仕えていた用人だったが、山岸に剣の腕を見込まれて一味にくわわったのである。いまも山岸家に住み込み、仲間たちとの連絡役もかねていた。そうしたこともあって、林崎は山岸に丁寧な言葉を使っていたのである。

「そうよな、日本橋に越田屋《こしだや》という呉服屋がある。幕府の御納戸と取り引きのある店でな。将軍が下賜《かし》する御仕着せの購入をめぐって、不正があるとの噂がある。そのあたりをつついて、金を出させたらおもしろいかもしれんな」

「越田屋なら、千両は出しましょうか」

と、林崎。

尾形と辰蔵は黙って杯をかたむけている。

「いや、話のもっていきようによっては、三千両は出すだろう」

山岸の口元に薄笑いが浮いている。

「三千両かい！」

おらんが目を剝《む》いて言った。色白の顔が、紅潮して淡い朱に染まっている。うぶな町娘のような面立ちだが、目をひからせた顔は妖艶な感じがした。酒と金の話で本性があらわれたのかもしれない。

「それだけ入れれば、贅沢できるな」

山岸がうまそうに杯を干した。

「一生、遊んで暮らせるよ」

おらんがうわずった声で言った。

「おい、一生は無理だぞ」

そう言って、山岸が笑った。

いっとき五人は酒を酌み交わしながら談笑していたが、

「ところで、町方の動きはどうだ」

山岸が声をあらためて訊いた。

「ご懸念には、およびません。岡っ引きが、嗅ぎまわっていましたが、それがしと尾形とで、深手を負わせました。いまごろ、死んでいるかもしれません。生きていても、当分出歩けないはずです」

林崎が言った。

「うむ……。ほかに、妙な男が動いていると聞いたが」

山岸が辰蔵に目をむけて訊いた。

「へい、素牢人でしてね。若造を連れて、嗅ぎまわっていやす」

辰蔵が口元に薄笑いを浮かべて言った。

目がつり上がり、顎《あご》がとがっていた。狐を思わせる顔で、陰湿で酷薄そうな感じがする。

「町奉行の隠密廻りではないのか」

山岸が訊いた。

「ちがうようですぜ。そいつは、両国広小路の見世物小屋に居候《いそうろう》していやす」

「見世物小屋だと」

山岸が驚いたような顔をして聞き返した。

「へい、小屋の者にそれとなく訊きやすと、一座の用心棒ってことらしいんで」

「見世物小屋の用心棒が、どうしておれたちのことを嗅ぎまわっているのだ」

山岸が腑に落ちないような顔をすると、

「旦那、心配いりませんよ。あたしが、すぐに嗅ぎ出しますから」

おらんが、そう言って杯を口に運んだ。

およしと名乗って、浜吉と八九郎に近付いたのはおらんだった。そのとき、およしを追いかけてきた町人体の男が辰蔵である。おらんを八九郎と浜吉に近付けるために、ふたりで組んで仕掛けた狂言だったのだ。

そのとき、黙って聞いていた尾形が、

「おれが、斬ってもいいぞ」

と、ぼそりと言った。

まったく表情を変えなかった。面長で眉が細く、うすい唇をしていた。細い双眸《そうぼう》が蛇のようにひかっている。

「いずれ、尾形に頼むときがきそうだな」

山岸が低い声で言った。

2

「あるじ、辰蔵という男を知らんか」

玄泉は下駄屋の店先にいた五十がらみの男に声をかけた。下駄を並べていたので、店のあるじと見たのである。

「辰蔵ですかい……」

あるじは小首をかしげていたが、辰蔵だけじゃァ分からねえ、と言って、また下駄を並べだした。綺麗な鼻緒のついた子供用のぽっくりである。

「遊び人ふうの男でな。……大きな声ではいえんが、女衒《ぜげん》の辰と呼ばれている悪党だ」

玄泉があるじに身を寄せて言った。

「さァ、分からねえな」

あるじは下駄を並べる手をとめず、つっけんどんに言った。それ以上、取り付く島もない。

「邪魔したな」

玄泉は下駄屋の店先を離れた。

そこは、神田須田町の通りだった。玄泉は辰蔵の塒《ねぐら》をつきとめようと思い、須田町に来ていたのである。

玄泉が須田町に来るようになって三日目だった。近くに長屋のありそうな通りを歩き、道沿いの店に立ち寄って辰蔵のことを訊いたが、まだ塒はつかめなかった。

玄泉は通りをいっとき歩き、右手にまがる細い路地をみつけて入ってみた。表長屋や小体《こてい》な店が軒を並べている路地で、長屋住いらしい女や子供などが目についた。

……あの八百屋で訊いてみるか。

玄泉は女房らしい女と話している大根を手にした男を目にして近寄った。八百屋の親爺らしい。

「すまぬが、ちと、訊きたいことがあってな」

玄泉が声をかけた。町医者らしい物言いである。

「なんです？」

親爺が怪訝《けげん》な顔をした。玄泉は町医者ふうの格好をしていたので、八百屋には用のなさそうな感じがしたのだろう。

「辰蔵という男を知らんか」

そばに立っている女房らしき女にも目をむけて訊いた。

「辰蔵といわれてもな。辰蔵もいろいろいるから……」

親爺が、手にした大根を撫でながら言った。

「実は、わしの知り合いの娘がな、辰蔵に誑かされて、どこかへ連れていかれたのだ。それで、探しているのだが、なかなかみつからん。そいつは、女衒の辰と呼ばれている悪党らしいのだ」

玄泉がそう言うと、脇に立っていた女が、ハッとしたような顔をして背筋を伸ばし、

「ぜ、女衒の辰だって……」

と、目を剝いて言った。

「おまえさん、知っていそうだな」

玄泉が女に顔をむけた。八百屋の親爺も、女に目をむけている。

「そ、そいつ、うちの長屋に越してきた辰蔵という男だよ。……うちの亭主が、あいつは、女衒の辰と呼ばれる悪党だから、近付くんじゃァねえ、と言ってたから……」

女が喉のつまったような声で言った。

……見つけたぜ！

玄泉は胸の内でほくそ笑んだ。まず、辰蔵にまちがいないだろう。

「それで、おまえさんの長屋は？」

玄泉が訊いた。

「そこだよ。春米屋《つきごめや》の脇に路地木戸があるだろう。……八右衛門店《はちえもんだな》だよ」

女が指差した。

なるほど、半町ほど先の小体な春米屋の脇に、長屋につづく路地木戸があった。

「ところで、辰蔵は独り暮らしか」

「そうだよ。……ときどき、垢抜けた女や大柄なお侍が訪ねてくることがあるけど、あいつといっしょに暮らしている者はいないよ」

「そうか」

おそらく、訪ねてくるのは辰蔵の仲間であろう。

「先生、どうする気です？」

親爺が訊いた。先生と呼んだところをみると、玄泉のことを町医者とみたようだ。

「せめて、知り合いの娘の居所だけでも訊きたいのだが、辰蔵はいるのかな、長屋に」

「いるはずだよ。あいつ、昼間から仕事もしないで、長屋でごろごろしてることが多いんだよ」

女が嫌悪に顔をしかめた。

「どうせ、話してはくれまいが、訊くだけ訊いてみるか」

玄泉は女に辰蔵の家の場所を訊いてから、八百屋の店先から離れた。辰蔵の家は、井戸のすぐ前の棟のとっつきとのことだった。

後ろから、先生、気をつけなよ、と言う親爺の声が聞こえた。

玄泉は足音を忍ばせて辰蔵の家に近寄った。ひっそりとして物音も話し声も聞こえなかった。破れ障子が風で、ハタハタと揺れている。

玄泉は腰高障子の前を通りながら、障子の破れ目からなかを覗いて見た。

薄暗い座敷に人影があった。棒縞《ぼうじま》の袷《あわせ》を着ていた。胡座《あぐら》をかいて莨《たばこ》を吸っているらしく、手にした煙管《キセル》が見えた。

……やつだな。

と、玄泉は確信した。一瞥《いちべつ》しただけだが、真っ当な男でないことはすぐに分かった。男の身辺に遊び人らしい雰囲気がただよっている。

玄泉は辰蔵の家の前を通り過ぎると、そのまま遠回りをして路地木戸から通りへ出た。そして、玄泉は両国に足をむけた。ともかく、八九郎に辰蔵の塒をつかんだことを報《し》らせておこうと思ったのである。

陽は西の空にまわっていた。七ツ（午後四時）ごろであろうか。まだ、両国広小路は賑《にぎ》わっていて、大勢の老若男女が行き交い、靄《もや》のような土埃《つちぼこり》につつまれていた。玄泉は人混みのなかを縫うように歩いた。

八九郎は寅次一座の楽屋にいた。まだ、小屋は興行中で、小屋のなかから見物人の歓声や笑い声などが、さんざめくように聞こえていた。

玄泉が、八九郎に辰蔵の塒をつかんだことを話すと、

「さすが、玄泉だ」

と、感心したように言った。

「それで、どうする?」

玄泉が低い声で訊いた。

「早い方がいい。明日にも仕掛けよう」

八九郎が虚空を睨《にら》むように見すえて言った。

3

翌日、八九郎は小屋の裏手の桟橋から猪牙舟で大川に出た。艫《とも》に立って櫓《ろ》を漕いでいるのは、浜吉である。ふたりは舟で神田川をさかのぼり、筋違御門近くの桟橋に舟をとめて、須田町へ行くつもりだった。

辰蔵を捕らえて訊問するつもりだったが、長屋で辰蔵にしゃべらせることはできないので、舟を使おうと思ったのである。

「旦那、辰蔵はいやすかね」

櫓を漕ぎながら浜吉が訊いた。

「いるはずだ」

午後になってから、玄泉が須田町に出かけ、辰蔵の長屋を見張ることになっていた。辰蔵が長屋にいなければ、玄泉は小屋にもどってくるはずなのだ。

ふたりを乗せた舟は大川にかかる両国橋をくぐり、神田川に入った。西陽が舟の正面にまわり、家並の向こうに沈みかけていた。川面は残照を映して鴇色《ときいろ》に染まっている。神田川も客や荷を乗せた猪牙舟が行き交っていたが、大川にくらべればすくなかった。舟が通る度《たび》、鴇色に染まった川面を揺らし、残照と黒ずんだ水の色の起伏が無数の波紋となって岸へ寄せていく。

和泉橋をくぐって間もなく、

「旦那、あの桟橋につけやすぜ」

と、浜吉が声をかけ、水押《みよし》を岸辺へ寄せた。

ちいさな桟橋があり、数艘の舟が舫ってあった。辺りに人影はなく舟は川波に揺れて、はずむように上下している。

浜吉は巧みに舟をあやつって、船縁《ふなべり》を桟橋に付けた。船頭の経験があるらしく、舟の扱いに慣れているようだ。

八九郎が桟橋に飛び下りると、浜吉は舫い綱を杭に縛ってから桟橋へ下りた。

「こっちだ」

八九郎と浜吉は、桟橋から短い石段を上がって叢《くさむら》へ出た。その叢を横切り土手を越えると、柳原通りである。

ふたりは筋違御門の前に立って、玄泉が来るのを待った。そこで、待ち合わせることになっていたのだ。

筋違御門の前は昌平橋のたもとでもあり、八ツ小路と呼ばれる広い辻になっていた。まだ、暮れ六ツ（午後六時）前だったこともあり、八ツ小路は賑わっていた。大勢の武士や町人が行き来している。

ふたりがその場に立っていっときすると、石町《こくちょう》の暮れ六ツの鐘が鳴った。その鐘が鳴り終わるとすぐに、玄泉が姿をあらわした。行き交う人を縫うようにして足早に近付いてくる。

「待たせちまったな」

玄泉が首をすくめた。

「それより、辰蔵はいるのか」

八九郎が訊いた。

「いる。めしの支度もしねえで、寝転がっていた」

玄泉は辰蔵の家の腰高障子の破れ目からなかを覗いてみたという。

「よし、行こう」

ふたりは、玄泉の後について須田町にむかった。

しばらく歩くと、玄泉は細い路地に面した小体な春米屋の前で足をとめた。そして、店の脇の路地木戸を指差し、

「やつの長屋は、ここだ」

と、小声で言った。

「どうするな」

八九郎は路地の左右に目をやった。すでに、路地は淡い暮色につつまれ、表長屋や小体な店は店仕舞いして表戸をしめていた。ほとんど人影はない。ときおり、居残りで遅くまで仕事をしたらしい職人や酔っぱらいなどが、通りかかるだけである。

「踏み込みやすか」

浜吉が勢い込んで訊いた。

「いや、しばらく待とう」

八九郎は、長屋で辰蔵を捕らえたら大騒ぎになるだろうと思った。下手をすると、騒ぎに乗じて逃げられるかもしれない。

八九郎たちは、店仕舞いした春米屋の軒下の暗がりに身を寄せた。

「玄泉、やつはめしの支度をしてないと言ってたな」

八九郎が訊いた。

「そんな様子はなかったな」

「それなら、出てくるはずだ」

夕めしを食わずに、寝てしまうことはあるまい。それに、辰蔵のふところには、強請り取った金がたんまり残っているはずだった。辰蔵は酒を飲みに出るか、賭場へでも足を運ぶか、かならず長屋を出るはずだ、と八九郎は踏んだのである。

小半刻（三十分）ほど過ぎた。

まだ、辰蔵は姿を見せない。細い路地は淡い夜陰につつまれていた。路地沿いの店の表戸からかすかに灯《ひ》が洩れている。

そのとき、路地木戸の方から雪駄《せった》で地面を擦るような足音が聞こえた。だれか、出てくるようだ。

「辰蔵だ！」

玄泉が小声で言った。

辰蔵は棒縞の小袖を尻《しり》っ端折《ぱしよ》りし、両脛《すね》をあらわにしていた。

「だ、旦那、あいつ……」

浜吉が驚愕に目を剝いた。次の言葉を失っている。

「あいつか！」

八九郎も驚いた。淡い夜陰に浮かび上がった顔に見覚えがあった。およしという女に因縁をつけた男である。

……あれは、狂言だったのではあるまいか。

と、八九郎は思い、

「長屋の辰蔵の許に、色白の娘が来なかったか」

小声で、玄泉に訊いた。

「そういえば、長屋の女房が垢抜けた女が来ると言ってたな」

玄泉が言った。

「その女が、およしかもしれん」

八九郎の胸の内で、辰蔵とおよしがつながった。

「旦那、およしには、その後も会っていやすぜ」

浜吉の顔にも怪訝な色があった。

「およしは、おれたちのことを探ってたのかもしれんな」

おそらく、彦六と浜吉を襲ったのも一味のことを探られるのを恐れ、口封じをしようとしたのだ。およしという女はうぶな顔付きをしているが、そうとうの悪女らしい。およしという名も眉唾ものである。

そんなやり取りをしている間に、辰蔵はすぐ前に迫ってきた。

「玄泉、やつの後ろへまわれ」

言いざま、八九郎は軒下の闇から路地へ飛び出した。

4

ギョッ、としたように辰蔵が、立ち竦《すく》んだ。突然、目の前に飛び出してきた八九郎に、驚怖したらしい。

「動くな！」

八九郎はすばやい身のこなしで抜刀し、切っ先を辰蔵の胸元にむけた。

「て、てめえは！」

辰蔵がひき攣《つ》ったような声を上げた。目を剝き、興奮と恐怖で体を激しく顫《ふる》わせている。

「おれを覚えているようだな」

そう言って、八九郎がさらに一歩踏み込んだとき、辰蔵は身を引きざま振り返った。反転して逃げようとしたらしい。

だが、背後に玄泉と浜吉が立っていた。

「ちくしょう！」

辰蔵が声を上げた。

「玄泉、猿轡《さるぐつわ》をかませろ」

八九郎は、さらに切っ先を辰蔵の喉元に突き付けた。まず、辰蔵の声を封じようと思ったのである。

「おお」

玄泉がふところから手ぬぐいを取り出し、すばやく辰蔵に猿轡をかませた。

さらに、浜吉が細引を取り出し、辰蔵の両手を後ろに取って縛り上げた。

「いっしょに来い」

玄泉と浜吉が辰蔵の両側に立ち、両腕を取って歩きだした。

辰蔵は抵抗しなかった。もっとも、抵抗しようにも為《な》す術《すべ》がなかったのである。

八九郎たちは人影のない裏路地をたどって柳原通りへ出ると、土手を越えて桟橋に舫ってある舟に辰蔵を乗せた。

「舟を大川へ出してくれ」

八九郎が艫に立った浜吉に声をかけた。大川に出てから、じっくりと辰蔵を訊問しようと思ったのである。

星夜だった。月が皓々《こうこう》とかがやいている。辺りは深い夜陰につつまれていたが、月光を反射《はね》た神田川の川面が淡い銀色《しろがねいろ》にひかり、闇のなかに浮かび上がったもののように見えていた。その川面を、八九郎たちを乗せた舟がすべるように下っていく。

いっときして、舟は大川へ出た。大川も月光を映して、にぶくひかっていた。川面に船影はなく、滔々《とうとう》とした流れは深い夜陰のなかに飲み込まれるように消えている。

「川下へむかってくれ」

八九郎が声をかけた。

「へい」

浜吉は水押を川下へむけた。

舟が流れに乗ったところで、浜吉は櫓を漕ぐ手をとめた。舟は真っ直ぐ大川を下っていく。

「さて、始めるか」

八九郎はふたたび刀を抜き、切っ先を辰蔵の首筋に当て、玄泉に辰蔵の猿轡を取らせた。

「おまえの名は？」

八九郎が訊いた。

「し、知るけえ」

辰蔵が吐き捨てるように言ったが、顔は蒼ざめ、体は激しく顫えていた。恐怖である。

「辰蔵、ひと呼んで女衒の辰。そうだな」

八九郎が重いひびきのある声で言った。顔はけわしく、辰蔵を見つめた双眸が切っ先のようにひかっている。ふだんの茫洋とした顔ではなく、影与力らしい凄みのある面貌《おもて》に豹変していた。

「そ、そうだ」

辰蔵が答えた。いまさら、名を隠してもしかたがないと思ったのだろう。

「おまえといっしょにいた女の名は？」

「知らねえ」

辰蔵が八九郎から目をそらせた。

「辰蔵、己の命と引き換えに、女の身を守ろうというのか。なかなか、見上げた男ではないか」

言いながら、八九郎は辰蔵の首筋に当てた切っ先を引いた。

ヒイッ、と絹のひき攣《つ》った悲鳴を上げ、辰蔵が首を伸ばしたまま凍り付いたように身を硬くした。

スー、と辰蔵の首筋に血の線がはしり、ふつふつと血が噴き、いくつもの赤い筋を引いて首筋をつたった。

「女の名は？」

八九郎は、語気を強めて訊いた。

「お、おらんだ」

辰蔵が声を震わせて言った。端《はな》から女の身を守る気はなかったのだろう。

「やはり、およしは偽名だったようだな。丸木屋の倅の利之助を誑かしたのも、おらんであろう」

八九郎は、おらんがお仙の偽名を使ったのだろうと思った。

「そ、そうだ」

「福寿屋に怒鳴り込んだのは、おまえだな」

八九郎が訊くと、辰蔵は口を結んで顔を伏せてしまった。自分のことは、しゃべらないつもりらしい。

「おい、しらを切っても無駄だぞ。福寿屋に出入りしているぼてふりがな、おまえのことを知ってたんだ。こっちは、おめえがきのころ庄兵衛店に住んでたことまでつかんでるんだ」

玄泉が強い口調で言うと、辰蔵はちいさくうなずいた。

「おまえといっしょに福寿屋を強請った武士の名は」

八九郎が訊いた。

「林崎さまだ」

「一舟で、栗林と名乗った男だな」

八九郎は彦六から栗林と市橋の名を聞いていた。大柄な武士という共通点があったので、林崎と重ねたのである。

「そうだ」

「御家人か」

「ちがう。くわしいことは知らねえが、前から頭に仕えていたらしい」

「頭というのは、旗本ふうの男だな」

八九郎が、辰蔵を見すえて訊いた。

「名は？」

「市橋さまと呼んでいる」

辰蔵は偽名を口にした。市橋が山岸綾之助という名であることは知っているが、八九郎には分からないと踏んだのであろう。それに、山岸がつかまらなければ、おらんと林崎の塒も簡単にはつきとめられないとみたにちがいない。

「屋敷はどこだ」

「し、知らねえ。嘘じゃァねえ。おれたちは、屋敷に行ったことはねえんだ」

それも、嘘だった。市橋は偽名だし、屋敷の場所さえ分からなければ、山岸の所在をつきとめることはできない、と辰蔵は思ったようだ。

「うむ……。他にも仲間がいるな」

八九郎は別のことを訊いた。

「…………」

辰蔵は口をつぐんでいた。

「牢人体の男がいるだろう」

八九郎が語気を強くして言った。

「尾形の旦那だ」

「尾形が定造や近松を斬ったのだな」

「そ、そうだ」

「尾形という男の塒は？」

沖山が尾形を追っているはずだった。塒がつかめれば、沖山も無駄骨を折らずに済むだろう。

「知らねえ」

「では、どうやって尾形と連絡を取っていたのだ」

八九郎は切っ先を辰蔵の首筋に当てた。いまにも、斬りそうな気配がある。

「つ、つなぎ役は、林崎さまだ。市橋さまの屋敷に出入りしていたのは、林崎さまだけだからな」

辰蔵が首をすくめながら言った。

「ならば、おらんの塒は？」

「おらんは……、横山町の長屋だ」

「なんという長屋だ」

「仙次郎店《せんじろうだな》だ。……でもよ、いまはいねえぜ。……一月《ひとつき》ほど前に越したんだ」

辰蔵は声をつまらせて言った。顔がこわばり、視線が揺れている。

「いまの塒は？」

八九郎が確保したいのは、おらんの身柄である。

「はっきりしたことは知らねえが、市橋さまのお屋敷じゃァねえかな」

辰蔵の口元に薄笑いが浮いたが、すぐに消えた。

「どういうことだ」

「おらんは、市橋さまとできてるのさ」

「市橋の情婦《いろ》か」

「そうでさァ」

「うむ……」

仲間四人の名や素性はあらかた分かったが、いずれも塒がはっきりしなかった。八九郎は、辰蔵がごまかしているのではないかという気もした。

「辰蔵、おまえの身はしばらくあずかる。でたらめを言ったことが分かれば、首を落とすだけではすまんぞ」

八九郎の声は静かだったが、恫喝するようなひびきがあった。

「へえ」

辰蔵の顔がこわばり、恐怖の色が浮いたが、何も言わずに視線を落とした。

舟は佃島《つくだじま》の先まで来ていた。目の前に江戸湊の黒ずんだ海原が茫漠とひろがっている。

「浜吉、日本橋川に舟を入れてくれ」

八九郎は、辰蔵を八丁堀近くの南茅場町《みなみかやばちょう》にある大番屋の仮牢に入れておくつもりだった。大番屋は、日本橋川の川岸からすぐである。明日にでも、小暮に事情を話せば、しばらくの間、大番屋に留め置くことができるだろう。その間、吟味もできるはずだ。

5

「そやつ、尾形半兵衛だ」

沖山が声を上げた。

沖山は八九郎から尾形の名を聞くと、すぐに小久保道場の門弟だった尾形半兵衛とつなげたのである。

この日、沖山は浜吉から連絡を受け、寅次の見世物小屋に来て八九郎と顔を合わせたのだ。そして、ふたりして大川端にたたずみ、八九郎から辰蔵を捕縛して訊問した経緯を聞いたのである。

「それで、尾形の塒はつかんだのか」

八九郎が訊いた。

「まだ分からぬが、たどる糸はある」

沖山は、小久保と会った後、木挽町の惣兵衛店に行ってみた。長屋の住人に訊くと、尾形は五、六年も前に長屋を出たということだったが、佐吉《さきち》という手間賃稼ぎの大工が、十日ほど前に尾形が仕舞屋《しもたや》から出るところを見たと口にした。

「あれは借家だな。尾形の旦那は、そこに住んでるんじゃァねえかな」

佐吉が言い添えた。

「その家は、どこだ?」

沖山が訊いた。

「南紺屋町でさァ」

南紺屋町は京橋の近くで、木挽町からも遠くない。

沖山は佐吉から仕舞屋の場所を訊き、さっそく行ってみた。ところが留守で、近所で訊いても、牢人ふうの男が住んでいるらしいということしか分からなかった。

「明日にも、もう一度、南紺屋町に足を運んでみるつもりだ」

沖山が言った。

「どうだ、おれも行こうか」

八九郎は、沖山といっしょに南紺屋町に行ってもいいと思っていた。

「いや、おれひとりでいい。尾形であることが分かったら、また報《し》らせにくる」

そう言うと、沖山はちいさく頭を下げ、八九郎のそばから離れた。これで、話は終わったとみたのである。

翌日、沖山は南紺屋町に足を運んだ。京橋川沿いの道を歩きながら、尾形の特異な剣のことを思った。

……突きにこだわったのは、敵を一撃で殺すためではないか。

尾形は実戦で敵を斬り殺す剣を身につけようとしたにちがいない。華麗な技より、人を斬るための殺人剣を求めたのであろう。

ただ、突きは確実に敵を殺すことができるが、身を挺して敵のふところに飛び込まねばならず、二の太刀をふるうのがむずかしくなる。突きは二の太刀を捨て、一撃に勝負を賭ける必殺剣でもあるのだ。

……尾形は剣で生きようとしたのだ。

と、沖山は思った。

まずしい牢人の家に生まれた尾形は、己の剣で生きていくより術《すべ》はないと思い込み、後戻りできない立場に己を追い込もうとした。そうした思いが、突きの技につながったのであろう。

沖山もまた牢人の家に生まれ、剣に生きようとしたころがあったので、尾形の心の内が理解できたのだ。

尾形の家は、京橋川沿いの道から左手の路地へ入った先にあった。行ってみると、相変わらず留守のようで、板戸がしまり、ひっそりと静まっていた。

沖山は家をかこった板塀に身を寄せて聞き耳を立てた。物音も話し声も聞こえなかった。やはり、留守らしい。

沖山は板塀から身を離すと、通りへ出て歩きだした。今日は、家からすこし離れた店で聞いてみようと思った。

しばらく歩くと、一膳めし屋があった。盛っている店らしく、男たちの談笑や瀬戸物の触れ合う音などが騒がしく聞こえてきた。

沖山は店を覗いてみた。半裸の男、印半纏《しるしばんてん》姿の男、牢人などが目についた。酒を飲んだり、めしを食ったりしている。

隅の飯台で、牢人体の男がひとりでめしを食っていた。無精髭が目立ち、着物の肩には継《つ》ぎ当《あて》があった。羊羹色《ようかんいろ》の袴はよれよれだった。いかにも、尾羽《おは》打ち枯らした感じのする痩せ牢人である。

沖山は店に入った。その男に訊いてみようと思ったのだ。

「ここは、あいているのか」

沖山が牢人の前に立ち、腰掛け替わりの空き樽に目をやって訊いた。

「かまわんよ」

牢人は、無愛想な顔で言った。

沖山が腰を下ろすと、小女が注文を訊きにきた。

「酒と、めしを頼む」

沖山は牢人に目をやり、そこもとも、飲まれるか、と言って、左手で杯を干す真似をして見せた。

牢人は驚いたような顔をしたが、

「馳走してくれるのか」

と、小声で訊いた。どうやら、酒は嫌いではないらしい。

「相伴《しょうばん》していただければ、ありがたい。ひとりで飲むより、ふたりで飲んだ方がうまいからな」

沖山は小女にふたり分の酒と、板壁に張られた品書きを見て、何品かの肴《さかな》を頼んだ。

小女が酒肴を運んでくると、沖山はさっそく牢人に酒をついでやりながら、

「それがし、沖山小十郎ともうす。牢人でござる」

と、名乗った。

「それがしは西沢茂助《にしざわしげすけ》。見たとおりの牢人だ」

西沢が照れたような顔をして名乗った。

「そこもと、尾形半兵衛なる男をご存じかな」

沖山は銚子を手にしたまま訊いた。

「はて、そのご仁《じん》も牢人でござるか」

「さよう、若いころ三十間堀町の小久保道場の門弟だった男でな。たしか、この辺りに住んでいると訊いて、尋ねてまいったのだが、みつからぬ」

「おお、存じておるぞ。この店にも、ときおり顔を出す。おれも、一度酒を飲みながら話したことがある」

西沢が顔をほころばせて言った。

「ところで、尾形の住居《すまい》をご存じかな」

沖山は念のために訊いた。

「前の通りを京橋の方へ四、五町行った先を入ると、板塀をめぐらせた仕舞屋がある。尾形どのの家はそこだ」

「尾形は、家にいるかな」

沖山は留守であると知っていたが、そう訊いた。尾形の行き先が知りたいのである。

「どうかな。あまり家にはいないような口ぶりだったが……。留守ではないかな。何をしているか知らんが、夜しか帰らないと話していたような気がするな」

西沢が首をひねりながら言った。はっきりしないらしい。

「そうか。まァ、急ぐこともないか」

沖山は、飲んでくれ、と言って、銚子を差し出した。

「ところで、おぬし、尾形どのとは、どのような関係なのだ」

西沢が酒を受けながら訊いた。

「若いころ、同門でな。尾形は何をしているのか、尋ねてきたのだ。たいした用があるわけではない」

沖山は適当にごまかした。

それから、沖山は西沢とたわいもないことを小半刻（三十分）ほど話して、腰を上げた。西沢は飲み足りないような顔をしたが、そのうち、飲みなおそう、と言い置いて、その場を離れた。

6

辺りは夜陰につつまれていた。人影はなく、町筋は夜の静寂《しじま》につつまれている。町木戸のしまる四ツ（午後十時）ごろであろうか。沖山はひとり、板塀の陰に身を寄せていた。

沖山は、闇に溶ける柿色の小袖と同色の袴姿だった。尾形の家を見張るために着替えて出直したのである。

沖山は西沢から、尾形は夜しか帰らないという話を聞き、はたして尾形がこの家で暮らしているのか確かめようと思ったのだ。それに、沖山は尾形がどんな男か、自分の目で見てみたいという思いもあった。

沖山がこの場に身をひそめて一刻（二時間）ほどになるが、まだ尾形は姿を見せなかった。

……今夜は、姿を見せぬか。

沖山は板塀の陰に転がっていた平石に腰を下ろしていたが、さすがに尻や腰が痛くなってきた。

沖山は立ち上がり、大きく伸びをしてから、また腰を下ろした。

そのときだった。通りの先でかすかな足音がした。見ると、夜陰のなかにかすかに黒い人影があった。

足音が近付き、月光のなかに黒い姿がしだいにはっきりしてきた。総髪の牢人である。中背で撫で肩だった。痩せていたが胸は厚く、腰がどっしりしていた。武芸の稽古で鍛えた体である。

青白い月光のなかに、男の顔が浮かび上がった。面長で細い目、薄い唇をしていた。冷酷そうな面貌《おもて》である。

……こやつだ！

沖山は、この男が定造や近松を突き殺したのだと直感した。男の身辺に、多くの人を斬ってきた者の持つ陰湿で残忍な雰囲気がただよっていたのである。

尾形は戸口に立ち、引き戸をあけて家のなかに入っていった。いっときすると、床板を踏む音がし、つづいて障子のあく音がした。

ぼんやりと、障子が明らんだ。行灯《あんどん》に火を点《とも》したのだろう。

かすかに、衣擦れの音がし、しばらくすると、ふたたび静寂が家をつつんだ。尾形は横になったのかもしれない。

沖山は、そっとその場を離れた。

翌日、沖山は寅次一座の小屋へ行き、八九郎と会った。小屋の裏手の大川端に立って、川面に目をやりながら、尾形の塒をつきとめたことを八九郎に話した。

「つかんだか」

八九郎が声を上げた。

「やつは、独り暮らしだ」

「さて、尾形をどうするか」

八九郎は口をとじたまま考え込んでいる。

その目の前を客を乗せた屋形船がくだっていく。流れの音といっしょに酔客の哄笑《こうしょう》や嬌声などが聞こえてきた。

「頭、尾形はおれに斬らせてくれ」

沖山が低い声で言った。その声に、腹をくったようなひびきがあった。

「斬るのは、まかせてもいい。……だが、いまのところ一味を手繰《たぐ》る糸は、尾形しかないのだ」

八九郎は、尾形の始末より先に一味の頭目である市橋の居所をつきとめねばならないと思っていた。

八九郎がそのことを話すと、

「ならば、おれが尾形の跡を尾《つ》けて市橋の居所をつきとめよう。尾形を斬るのは、それからでもいい」

沖山が言った。

「だが、いつ市橋と接触するか分からぬ尾形を尾けまわすのは容易ではないぞ。こうなったら総出でやろう。もっとも、おれと浜吉、それに玄泉がくわわるだけだがな」

おけいは尾行に適さないし、彦六は動きまわれるほど快復していなかった。

「分かった」

沖山も尾形の尾行は浜吉や玄泉の手を借りた方がいいと思ったようだ。

さっそく、翌日から八九郎たち四人の男が、ふたりずつ組んで尾形の住む仕舞屋を見張ることになった。もっとも、尾形が家に帰ってくるのは夜中らしかった。それに、日中家にいることはほとんどなく、朝のうちにはでかけてしまうらしい。そうであれば、見張りは朝のうちだけでよさそうだった。

その日、八九郎は浜吉とふたりで、仕舞屋をかこった板塀の陰に身を隠していた。尾形が出かけるのを待って、その行き先をつきとめるのだ。ふたりが、この場に身を隠して尾形を見張るのは、これで二度目だった。最初は一昨日だったが、尾形はすこし離れた一膳めし屋にめしを食いに行っただけである。

「旦那、やつは動きますかね」

浜吉が小声で訊いた。

「動く。ここにこもっているのは、退屈だろう。尾形は剣鬼だ。血が騒いで、凝《じっ》としてはいられまい」

八九郎は沖山から尾形の生い立ちとその特異な剣の話を聞き、尾形は剣鬼だと思ったのである。

「なかなか、家から出てきませんねえ」

浜吉が生欠伸《なまあくび》を噛み殺しながら言った。

五ツ（午前八時）過ぎだった。陽は家並の上に顔を出し、晩春の強い陽射しが町筋を照らしていた。路地沿いの欅《けやき》の梢《こずえ》にでもいるのか、数羽の雀の鳴き声が絶え間なく聞こえてくる。

「まァ、そう早くは動かないだろうよ」

八九郎は、気長に待つより仕方がないと思った。

それから小半刻（三十分）ほど経ったろうか。引き戸をあける音がし、戸口から牢人体の男が出てきた。

「だ、旦那、やつだ！」

浜吉が声を殺して言った。

「うむ……」

言われなくとも分かる。この家には、尾形しかいないのである。

尾形は通りへ出ると、京橋の方へ向かって歩きだした。

八九郎と浜吉は、尾形の後ろ姿が半町ほど遠ざかってから通りへ出た。

「浜吉、尾けるぞ」

尾形は京橋川沿いの通りへ出ると、東にむかい、京橋を渡って日本橋通りへ入った。日本橋通りは、大変な賑わいを見せていた。様々な身分の老若男女が行き交い、駕籠《かご》、騎馬の武士、荷を積んだ大八車なども絶え間なく通り過ぎていく。

八九郎たちは尾形に近付いた。人混みで、距離をつめても気付かれる恐れがなかったのである。

尾形は日本橋を渡り、中山道を北へ向かって行く。

「どこまで行くつもりですかね」

浜吉が訊いた。

「分からんが、仲間のだれかに会いに行くとみていいな」

八九郎は、頭目の市橋の許ではないかと思った。

尾形は室町《むろまち》、十軒店本石町と歩き、今川橋を渡ってすぐ、左手へまがった。その通りは鎌倉河岸から神田橋御門へとつづいている。

八九郎たちは、また半町ほど尾形との距離を取った。人通りが、すくなくなったからである。

7

尾形は旗本屋敷へ入っていった。

神田の錦小路と呼ばれる通りに面している屋敷だった。屋敷の門は、片番所付の長屋門である。

尾形は門前で立ちどまると、通りの左右に目をやってから、慣れた様子でくぐりから屋敷内に姿を消したのだ。

……四百石ほどの家柄か。

八九郎はその門構えからみてとった。

「旦那、これが市橋の屋敷かもしれやせんぜ」

浜吉が目をひからせて言った。

「そうだな」

八九郎も、同じようにみた。一味の頭は市橋と名乗る旗本と思われる男である。そのことからも、ここが市橋の屋敷とみていいだろう。

八九郎たちは門前を通りながら、屋敷に目をやった。門番の姿が見えず、屋敷内はひっそりとしていた。何となく荒廃した感じがする。築地塀《ついじべい》の上からのぞく庭木もぼさぼさだった。長い間、植木屋が手入れしていないのである。

屋敷の前を通り過ぎて一町ほど歩くと、お仕着せ姿の中間《ちゅうげん》がふたり、何かしゃべりながら歩いてくるのが目に入った。

八九郎は、ふたりに訊いてみることにした。

「つかぬことを訊くが」

八九郎はふたりに声をかけた。

「なんです？」

色の浅黒い小柄な男が、怪訝な顔をして八九郎を見た。牢人体の男が、若い町人を連れているので不審をいだいたのかもしれない。

「あのお屋敷だが、どなたのお住まいかな」

八九郎が尾形の入った屋敷を指差した。

「山岸綾之助さまのお屋敷でさァ」

「なに、山岸だと」

思わず、八九郎の声が大きくなった。

「へ、へい」

小柄な男が、びっくりしたように首をすくめた。もうひとりの痩せた男も、驚いたような顔をしている。

「市橋さまのお屋敷ではないのか」

八九郎が念を押した。

「ちがいやすよ。山岸さまのお屋敷ですよ」

小柄な男が声を強くして言った。

「うむ……」

八九郎が低い唸《うな》り声を上げた。

……市橋は偽名か！

どうやら、辰蔵に一杯食ったようである。

念のため、八九郎は近くの通りで出会った供連れの武士に訊いてみたが、やはり山岸綾之助の屋敷だという。山岸は四百石取りで、小普請とのことだった。

その日、八九郎は浜吉を連れて八丁堀に向かった。大番屋の仮牢にいる辰蔵を訊問するためである。

吟味の場になっている土間へ引き出された辰蔵は、以前より痩せていた。肉がげっそりと落ち、目に隈ができ、頬骨が突き出ていた。目ばかりが異様にひかっている。牢屋暮らしが過酷というより、この先に待っている断罪への恐怖と絶望とで食事もまともに喉を通らないのだろう。

牢屋の番人にうながされ、辰蔵は後ろ手に縛られたまま土間に敷かれた筵の上に膝を折った。

辰蔵は顔を上げ、目の前の一段高い座敷に座っている男が八九郎だと気付くと、驚いたように目を剝いた。まだ、八九郎が町奉行所の与力だとは知らされていなかったようだ。

「北町《きたまち》奉行所の内《うち》与力、嵐八九郎だ。本来、吟味方の者が吟味するのだが、今日のところは、おれが訊問する」

八九郎はくだけた物言いをした。

辰蔵は怯《おび》えたような顔をし、膝先に視線を落とした。市井《しせい》にいたときのふてぶてしさや虚勢は消えている。

「辰蔵、一味の者の名も塒も知れたぞ」

八九郎が切り出した。

辰蔵はビクッとして肩をすぼめたが、何も言わず、蒼ざめた顔で視線を落としている。体が小刻みに顫えていた。

「辰蔵、おれを騙したな。市橋なる者は、おるまい。実の名は、旗本、山岸綾之助だな」

八九郎が低い声で言った。腹にひびくような重い声である。

「へ、へい……」

辰蔵は首をすくめた。

「おまえたちの頭は、山岸だな」

八九郎が念を押した。

「……そうでさァ」

辰蔵は蚊の鳴くような声で言った。

「山岸が、強請る相手を決めていたのか」

相手が幕府の要職にある大身の旗本となると、山岸以外には強請る手立てが分からないだろう。

「へい、山岸さまが、あっしらにお指図いたしやした」

辰蔵が切れ切れに話したところによると、山岸が耳にした旗本の弱みを種に策を立て、屋敷に乗り込んで強請ったという。また、商家を強請るときは山岸からの指図もあったが、辰蔵とおらんで主人の倅などを誑かして弱みを作り、それを脅しの種にしたそうである。

……そういうことか。

八九郎には強請り一味の全貌がはっきりと見えた。後は、きっちり始末をつけるだけである。

「ところで、おまえたちは、どこで知り合ったのだ」

山岸が放蕩な男としても、牢人の尾形ややくざ者の辰蔵などとどうしてつながったのか、八九郎は腑に落ちなかったのだ。

「はじめから、尾形の旦那と林崎の旦那がつながってたようで……。ふたりは同じ道場で稽古したとかで、顔見知りだったんでさァ」

辰蔵によると、そのころ尾形は賭場で用心棒をしていたという。その賭場に、辰蔵も出入りし、尾形と口をきくようになったという。そして、林崎から尾形に強請の話がきたとき、

「辰蔵、おまえも手を貸せ」

と、尾形に声をかけられ、仲間にくわわったという。

「あっしは、使いっ走りのようなものでして、てえしたことはしちゃァいねえ」

辰蔵はそう言うと、八九郎に媚《こ》びるような目をむけた。すこしでも、罪を軽くしてもらいたいのであろう。

「それで、おらんの塒はどこだ？」

八九郎が声をあらためて訊いた。

おらんが山岸の屋敷に住んでいるとは思えなかった。まだ、そこまでは調べていなかったが、屋敷には山岸の家族もいるだろうし、奉公人もいるはずなのだ。おらんの

ような女が、屋敷内で暮らしていれば、すぐに噂が立つはずである。

「小柳町の借家でさァ」

辰蔵によると、山岸がおらんを囲うために見つけてきた家だという。おらんは、山岸の妾《めかけ》らしい。

「林崎は、山岸の屋敷にいるのだな」

八九郎は念のために訊いた。

「まちげえねえ」

辰蔵がはっきりと言った。もう隠す気はないようだ。

8

八九郎が、辰蔵の吟味をしていたころ、山岸家の奥座敷に、山岸、林崎、尾形、おらんの四人が集まっていた。四人とも渋い顔をしていた。膝先に茶の入った湯飲みが置かれていたが、手を出す者はいなかった。

「辰蔵がいなくなったのは、たしかなのか」

林崎が念を押すように言った。

この日、四人が顔をそろえると、おらんが、辰蔵の姿が消えちまったんだよ、と言い出した。男たちはすぐにおらんのまわりに集まり、事情を訊いたのだ。

「たしかだよ。ここ、十日ほど顔を見なかったんだ。それで、気になって須田町の長屋まで行ってみたんだけど、そこにも、いなかったんだよ」

「女のところへでも、もぐり込んだのではないのか」

林崎が訊いた。

この日、どういうわけか山岸は聞き役にまわっていた。のっぺりした顔は、いつものように表情がなかった。泥酔の後のように肌に艶《つや》がなく、血の気の失せた土気色をしていた。細い目が虚ろなひかりを宿している。

「あたしもね、そう思って、長屋の者に訊いてみたんだ。……はっきりしたことは分からないらしいんだけど、七、八日前から、辰蔵の姿を見かけなくなったらしいんだよ」

おらんが腑に落ちないような顔をして言った。

「七、八日も、長屋をあけているのか。女のもとに、もぐり込んだにしては長いな」

林崎が言った。

「町方に捕らえられたのではないのか」

黙って聞いていた尾形が、ぼそりと言った。

「あたしもね、そのことが気になって、長屋の者に訊いてみたんだけど、岡っ引きらしい男は見かけなかったと言うし、捕物らしい騒ぎもなかったそうだよ」

おらんが首をひねった。

「町方が、ひそかに動いているのかもしれんぞ」

尾形が小声で言った。

すると、口をとじていた山岸が、

「尾形、何かあったのか」

と、くぐもった声で訊いた。

「行きつけのめし屋で顔を合わせた男が、おれのことを、あれこれ訊いていた者がいるというのだ」

尾形がそう言うと、林崎とおらんも尾形に目をむけた。

「岡っ引きか」

山岸が訊いた。

「それが、牢人者らしいのだ」

「牢人だと。……何か、心当たりがあるのか」

山岸が、細い女のような指先で顎のあたりを神経質そうに撫でながら訊いた。

「いや、ない」

「見世物小屋に居候している男ではないのか」

「それが、ちがうようだ。おれは、一度、おらんといっしょに両国へ出かけて見世物小屋に居候している男を見ているが、その男とはまるで人相がちがうようなのだ」

「すると、別の男がおぬしを探っていたのか」

山岸の声がすこし大きくなった。

「そういうことになるな」

「得体の知れぬ牢人が、ふたりいるのか」

つづいて口をひらく者がなく、座は重苦しい沈黙につつまれた。

山岸が顔を上げ、一同を睨《ねめ》るように見まわして、

「だれかが町方に捕らえられて口を割れば、おれたちのことはすぐに知れるぞ。一蓮《いちれん》托生《たくしょう》ということになろうな。……………もっとも、町奉行も目付筋も、おれには容易に手は出せまい。……なにしろ、幕府の重職にいる者が、何人も天下に恥を晒《さら》すことになるからな。それは、とりもなおさず、お上《かみ》の恥になるのだ」

山岸の声には、嘲笑《あざわら》うようなひびきがあった。

「いずれにしろ、そろそろ潮時でしょうか」

林崎が言った。

「そうだな、ほとぼりが冷めるまで、箱根へ湯治《とうじ》にでも行くか」

山岸が小声で言った。

「それがいいよ。うまい物を食って、のんびり湯につかって、浮世のことは忘れようよ」

と、おらん。

「だが、浮世を楽しむには金がいるぞ。それに、屋敷を捨てて江戸から出れば、四百石の禄も捨てることになるかもしれんからな。……どうだ、最後に越田屋から金をいただくか。とりあえず、二千両。四人で等分に分けても、ひとり五百両。これまでの金も合わせれば、死ぬまで極楽で暮らせるぞ」

山岸が口元に薄笑いを浮かべて言った。一同にむけられた細い目が、異様なひかりを宿している。

「そうだな。まだ、町方がおれたちに気付いた様子はないからな」

尾形が言った。

「いずれにしろ、牢人ふたりを始末した方がいいな」

山岸が尾形に目をむけた。

「分かっている。まず、見世物小屋に居候している男を斬るつもりだ」

尾形は、おらんとふたりで、見世物小屋から出てくる牢人体の男を目にしたとき、

……この男はできる！

と、直感した。

牢人は無精髭が伸び、袴はよれよれだった。ずぼらな感じがしたが、腰が据わり、身辺に隙がなかった。

そのとき、尾形は、この男はおれが斬る、と心の内で思ったのだ。剣客の持つ本能と言っていいのかもしれない。尾形は、牢人の身辺に、真剣勝負の修羅場をくぐってきた凄みを感じとって、身震いしたのである。

第五章　浮世花《うきよばな》

1

八九郎は、奉行の役宅の奥座敷に端座していた。

この日、八九郎は奉行が下城するころを見計らって北町奉行所に足を運んできた。遠山と会い、これまでの探索の結果を話し、指示を仰ぐためである。尾形、おらんは、町方の手で捕縛してもいいと思っていたが、山岸と林崎の始末は遠山の指示を仰ぐ必要があった。それに、南部家や細川家のことがあったので、事件をどこまで公《おおやけ》にしていいのかも、遠山の意向を訊かねばならなかったのだ。

役宅の用部屋にいた武藤に、遠山との面会を頼むと、

「しばし、待たれよ」

武藤はそう言い置いて、すぐに奥へ足を運んだ。

しばらくすると、武藤はもどって来て、遠山がすぐに会うことを八九郎に伝えたのである。

八九郎が奥座敷に座していっときすると、廊下をせわしそうに歩く足音がした。遠山らしい。

障子があいて、遠山が姿を見せた。小紋の小袖に角帯。紺足袋をはいていた。くつろいだ格好である。下城後、着替えたのであろう。

八九郎が、遠山が対座するのを待って時宜の挨拶を述べようとすると、

「挨拶はよい」

そう言って、遠山は制した。

「何か知れたようだな」

すぐに、遠山が八九郎に目をむけて訊いた。

「一味の者、五人が知れました」

八九郎は辰蔵から始め、おらん、尾形、林崎の順に名、身分、一味のなかでの役割などを話した。そして、最後に山岸の名と身分を口にし、

「山岸が頭《かしら》のようです」

と、言い添えた。

「山岸綾之助が、首謀者か！」

遠山の顔に驚きの色が浮いた。

「お奉行は、山岸をご存じですか」

「知っておる。……綾之助は小普請だが、父親の蔵之助《くらのすけ》はなかなかの人物でな、小納戸頭取まで上りつめた男だ。倅の綾之助は、父親の跡を継ぎ、小納戸衆に出仕したが、御用達《ごようたし》の商人に特別の便宜をはかることと引き換えに賄賂《まいない》を要求し、その金で吉原への登楼をつづけたことが発覚して問題になり、お役御免になったのだ」

御小納戸頭取の役高は、千五百石である。家禄四百石の蔵之助にとっては、大変な出世である。また、綾之助の場合、御小納戸衆として務めていたころは五百石の役高を与えられていたが、それが、御役御免となると、役高を失い、家禄の四百石だけということになる。

「それで、このような悪事をたくらんだのか」

遠山の顔に怒りの色が浮いた。

「お奉行、山岸の始末、どのようにいたしましょうか」

八九郎が訊いた。

「そうよな……」

遠山は虚空に視線をとめて、しばらく黙考していたが、

「むろん、町奉行の手の者が屋敷内に踏み込んで山岸を捕《と》らえることはできんが
……」

そう言った後、八九郎に目をむけて、

「目付筋の者に訴えて、お上の裁断を仰ぐのも手だが、南部家と細川家のことがある。ことが露見すると、両家とも立場を失うやもしれぬ。それに、山岸家は由緒ある家柄で、父親の長年にわたる功績もある。……北島どのからも、ひそかに処理してくれと依頼されておるし……」

と、言葉を濁した。遠山の顔から怒りの色が消え、憂慮の表情に変わっている。

「ですが、山岸をこのままにしておくことはできませぬ」

八九郎が言った。山岸は一味の首謀者なのである。

「むろんだ……」

遠山は視線を落とし、いっとき口をつぐんでいたが、

「八九郎」

と言って、視線を八九郎にむけた。

「ひそかに、山岸を始末できるか」

「斬れ、ということでございましょうか」

「そうだ」

「お奉行の命《めい》であれば……」

八九郎はちいさく頭を下げた。

「ひそかに始末いたせば、南部家にも細川家にも累は及ぶまい。それに、山岸家もなんとか存続できるかもしれぬ。……たしか、綾之助には、十四、五になる嫡男がいると聞いている。おそらく、山岸家では、綾之助の死を病死としてとどけるであろう。幕閣に不審を持つ者がいたとしても、あえて波風を立てようとはするまい。……綾之助だけに、己の悪業の罰を受けさせるのだ」

「承知しました」

八九郎は、遠山らしい裁きだと思った。

「他の者はどうするな」

遠山が訊いた。

「林崎は、山岸といっしょに斬ることになりましょう」

屋敷内に侵入して斬るか、屋外で斬るかだが、林崎も同時に始末したかった。そうしないと、山岸の悪業が露見するだろう。

「おらんは小暮に話して、捕縛させます。尾形は、われらが斬ることになりましょうか」

八九郎がつづけた。

すでに、辰蔵は捕らえてあったので、残るはおらんと尾形である。ただ、尾形は神妙に縄を受けるような男ではなかった。町方が捕縛しようとすれば、捕方から大勢の犠牲者が出るだろう。それに、沖山が尾形との立ち合いを望んでいた。初めから、手に余ったのでやむなく斬ったことにした方がいいだろう。

「福寿屋と丸木屋の件は、町奉行所の手で下手人を挙げられるわけだな」

遠山が訊いた。

「はい」

幸いなことに、山岸と林崎は福寿屋と丸木屋の件に直接手を出していないようだった。辰蔵、おらん、尾形の三人でやったことにして、始末すればいいのである。遠山が辰蔵とおらんを裁くことになるので、うまく処理するだろう。

「八九郎、近松や定造に剣をふるったのは、尾形か」

遠山が声をあらためて訊いた。

「いかさま」

「油断いたすなよ。尾形は命を賭して立ち向かってこよう」

遠山も、尾形が手練《てだれ》であることを察知しているようである。

「心してかかります」

八九郎は低頭した。尾形は沖山が討つことになるが、状況に応じて八九郎も助勢するつもりだった。八九郎も、沖山を失いたくなかったのである。

2

寅次一座の見世物小屋は、ひっそりと夜の静寂《しじま》につつまれていた。日中は小屋の楽屋にいても、広小路の雑踏の騒音が潮騒のように聞こえてくるのだが、いまは針を落としても聞こえそうなほど静かである。それでも、他の楽屋から座員の鼾《いびき》や歯ぎしりなどが、ときどき聞こえてきた。筵《むしろ》や茣蓙《ござ》で仕切られているだけなので、耳にとどくのである。

八九郎は目をとじて横になっていたが、眠っていなかった。浜吉が迎えに来るのを待っていたのである。

そのとき、小屋に近付いてくる足音が聞こえた。浜吉であろう。

足音は垂れている筵の向こうでとまり、

「旦那、嵐の旦那……」

と、浜吉の声が聞こえた。

「いま、行く」

八九郎はすぐに立ち上がり、腰に大小を帯びて小屋の外に出た。

浜吉が立っていた。茶の手ぬぐいを頬《ほ》っかむりしている。手ぬぐいの間から覗いている顔が、いくぶん緊張していた。

「沖山は来ているか」

歩きながら、八九郎が訊いた。

「へい、桟橋で待っていやす」

「そうか」

八九郎は頭上を見上げた。

満天の星だった。弦月が西の空にあり、皓々《こうこう》とかがやいている。寅《とら》ノ刻（午前四時）ごろであろうか。東の空は、かすかに明らんでいるようにも見えるが、まだ辺りは深い夜の闇につつまれている。

ふたりは小屋の脇を通って大川端に出た。風があり、黒ずんだ大川の川面が波立っていた。月光を反射《はね》た川面が、淡い銀色《しろがねいろ》にひかりながら無数の起伏を刻んでいる。対岸の本所や深川は夜の帳《とばり》につつまれ、かすかに家並の黒い輪郭が識別できるだけである。

桟橋のそばに沖山がひとり立っていた。小袖にたっつけ袴。足元を足袋と草鞋《わらじ》でかためている。

「待たせたな」

八九郎が言った。

「いや、おれもいま来たところだ」

沖山は小声で言った。顔がいくぶん緊張しているようにも見えたが、声は平静である。

「乗ってくだせえ」

浜吉が声をかけた。

ふたりは短い石段を下り、舫ってある舟に乗り込んだ。浜吉は艫に立って、櫓を握った。浜吉は慣れた手付きで舟を桟橋から離し、水押を川下にむけた。三人の乗る舟は、夜の大川を滑るように下っていく。

八九郎たちは、南紺屋町にある尾形の隠れ家にむかっていた。尾形を討つためである。

前日の暮れ六ツ（午後六時）過ぎ、尾形の隠れ家を見張っていた浜吉が、尾形が家にもどったことを知らせにきた。

すぐに、八九郎は浜吉に指示し、今日の未明、尾形の隠れ家に乗り込んで斬ることを沖山に伝えさせた。同時に、見世物小屋の裏手の桟橋から、夜明け前に舟で京橋近くまで行くことも伝えたのだ。

「尾形はいるかな」

沖山が声を大きくして言った。小声では、流れの音で掻き消されてしまうのだ。

「いるはずだ。やつが、家を出るのは、朝のうちらしいが、それでも陽が上ってからだ」

これまで尾形の動向を探った結果、尾形は朝のうちに出かけることが多いらしいと分かっていた。それで、そうしたこともあって、払暁《ふつぎよう》に踏み込むことにしたのである。

舟は永代橋をくぐり、石川島の手前で水押を右手に寄せ、八丁堀にかかる稲荷橋をくぐった。八丁堀をさかのぼると京橋川へとつづいている。京橋川へ入れば、南紺屋町はすぐである。

「あそこの桟橋につけやすぜ」

浜吉が声を上げた。

京橋川にかかる中ノ橋の手前にちいさな桟橋があった。夜陰のなかに数艘の猪牙舟が舫ってあり、風で揺れていた。

浜吉は巧みに櫓をあやつり、船縁を桟橋に横付けした。八九郎と沖山は、すぐに桟橋へ飛び下りた。辺りに人影はなく、汀に寄せる波の音だけが聞こえていた。

八九郎は浜吉が舟を舫い杭につなぐのを待ってから京橋川沿いの通りへ出た。しばらく歩き、左手の路地に入ったところで、

「あっしが、様子を見てきやすぜ」

そう言って、浜吉が走りだした。

尾形の隠れ家はすぐである。尾形がいるかどうか、確かめにいったらしい。八九郎と沖山は路傍に足をとめ、浜吉がもどるのを待った。

路地沿いの家並は、夜陰のなかに黒く沈んでいた。物音も人声も聞こえなかった。耳にとどくのは、路地を吹き抜け、板戸をたたく風音だけである。

八九郎は東の空に目をやった。淡い茜色《あかねいろ》に染まり、明らんでいる。いくぶん、空が

青さをとりもどし、星の輝きもうすらいでいた。あと、小半刻（三十分）もすれば、払暁であろうか。

浜吉が駆けもどってきた。

「い、いやす」

息を切らせながら言った。

浜吉によると、戸口の引き戸に身を寄せて聞き耳を立てると、奥の座敷からかすかに鼾が聞こえたという。

「行こう」

八九郎たちは歩きだした。

仕舞屋の前に立つと、八九郎と沖山は、戸口から家の両脇へ目をむけた。立ち合いのできそうな場所を探したのである。

「あそこだな」

沖山が指差した。

家の左手が、雑草におおわれた空き地になっていた。家屋と板塀の間である。おそらく、家を建てた当初は庭だったのだろうが、いまは放置されたままで荒れていた。それでも、立ち合いができるだけのひろさはある。

「足場は悪いぞ」

場所によっては、膝ほどもある丈の高い雑草が茂っていた。

「なに、条件は同じだ」

沖山が低い声で言った。

3

東の空が鴇色《ときいろ》に染まっている。

空は青さをとりもどし、町筋が白んできた。家々や樹木はくっきりと輪郭をあらわし、闇の覆いを取りはらって本来の色彩をとりもどしていた。

まだ、軒下や板塀の陰には、淡い夜陰が残っていたが、立ち合いに支障はないだろう。

「そろそろだな」

八九郎が沖山に声をかけると、

「頭、ここはおれにやらせてくれ」

沖山があらためて言った。

「承知している」

八九郎は、沖山にまかせるつもりだった。ただ、沖山が後れをとるようなことになれば、八九郎が尾形を斬ることになるだろう。

沖山は八九郎に顔をむけて、ちいさくうなずくと、戸口の板戸に手をかけて引いた。戸は簡単にあいた。心張り棒はかってなかったらしい。

戸口は狭い土間になっていた。土間の先に、わずかばかりの板敷の間があり、その奥は障子がたててあった。座敷になっているらしい。

家のなかは静寂につつまれていた。物音も人声も聞こえなかった。聞き耳を立てたが、鼾も聞こえてこない。尾形は沖山が引き戸をあけた音で目覚めたのかもしれない。

「尾形半兵衛！　姿を見せろ」

沖山が声を上げた。

八九郎は敷居の後ろに立っていた。浜吉は、戸口の近くの板塀の陰にいる。

奥の座敷では、何の反応もなかった。尾形は身動きせず、戸口の様子をうかがっているのかもしれない。

「姿を見せねば、踏み込んで行くぞ！」

つづいて、沖山が声を上げた。

と、夜具を撥ね除けるような音がし、畳を踏む音が聞こえた。すぐに、障子の奥から、近付いてくる足音がした。

ガラリ、と障子があいた。

姿を見せたのは、尾形だった。寝間着姿だった。左手に大刀をたずさえている。咄嗟に手にしたのだろう。

面長で、眉が細く、うすい唇をしていた。蛇《くちなわ》を思わせるような細い目が、沖山にそそがれている。

「何者だ!」

尾形が誰何《すいか》した。

「沖山小十郎。立ち合いを所望」

沖山が尾形を見すえて言った。

「おぬしか、おれを探っていたのは?」

「そうだ」

「町方の者ではないようだが、何者だ」

尾形は沖山のことを知らないようである。

「われらは影の者だが、町方の手先と思ってもらってもいい」

沖山がそう言ったとき、戸口の引き戸の陰にまわっていた八九郎が顔を出し、

「おれの手の者だ」

と、言った。

「うぬは、見世物小屋の！」

尾形の顔がこわばった。

「表向きは居候だが、おぬしのような悪党を退治する影の与力でもある」

「うぬらふたりで、おれを捕らえにきたのではないのか」

「いや、斬りにきた。どうせ、神妙に縄は受けまい」

「むろんだ。……それで、ふたりがかりか」

尾形が右手で刀の柄《つか》を握った。

「いや、おれは検分役だ」

八九郎が言うと、

「おぬしの相手はおれだ。表へ出ろ！」

沖山が後じさり、敷居を跨《また》いで外へ出た。

「よかろう」

尾形は、すばやく寝間着の裾を取って帯に挟んだ。寝間着の裾が足にからむのを防ごうとしたのである。

そして、上がり框《かまち》から土間へ飛び下りた。

ふたりは、間合を取ったまま家の脇の空き地へ移動した。八九郎は板塀のそばに身を寄せて、ふたりの動きに目をむけている。

沖山と尾形は、およそ三間半の間合を取って対峙した。

ふたりはすばやく足を動かし、足場を確かめた。地面は雑草におおわれ、所々丈の高い草も混じっていたが、刺《とげ》のある草や足にからまる蔓草《つるくさ》などはなかった。いい足場ではなかったが、立ち合いはできそうである。

ふたりは、まだ抜かなかった。相手を睨むように見すえている。

「立ち合う前に、おぬしに訊いておきたいことがある」

沖山が言った。

「なんだ」

「おぬしほどの腕の者が、なにゆえ、強請一味にくわわったのだ」

沖山は尾形ほどの腕があれば、道場の師範代ぐらいは務まっただろうと思った。資金を出してくれる者があれば、道場主になることも夢ではない。

「剣で生きるためだ。町道場で竹刀などふりまわしていても、口を糊《のり》することはできぬからな」

尾形のうすい唇が、かすかに赤みを帯びてきた。気が昂《たかぶ》ってきたのである。

「金のために町人まで斬ったのでは、剣が泣くぞ」

沖山が語気を強めて言った。

「おれの剣はうぬの剣とはちがって、血を吸わねば泣くのよ」

尾形がゆっくりと刀を抜いた。沖山を見つめた細い目に、射るようなひかりがくわわり、全身に殺気がみなぎってきた。

尾形は切っ先を沖山の目線につけ、左右の足を前後に動かした。もう一度、踏み込む足に草がからまないか確かめたのだ。突きは飛び込みながら放つ。足をとられれば、切っ先が敵にとどかないだけでなく、体勢が大きくくずれるのである。

「うぬは、人を斬るためだけに剣を磨いてきたのか」

沖山は、まだ抜かなかった。

「そうよ」

尾形は切っ先をやや低くし沖山の喉元につけた。構えを青眼に取ったのである。

「同じ一刀流の者として、おれがうぬを斬る」

言いざま、沖山も抜刀した。

4

風があった。雑草がサワサワと揺れている。

沖山は相青眼に構え、切っ先を尾形の目線につけた。

尾形は切っ先を喉元につけている。どっしりと腰が据わり、そのまま喉を突いてくるような威圧があった。

だが、沖山は引かなかった。全身に気勢を込め、尾形の威圧に耐えている。

ザッ、ザッ、と叢《くさむら》が揺れた。尾形が前に出した右足の爪先で、雑草を分けるようにして間合を狭《せば》めてきたのだ。

対する沖山は動かなかった。気を鎮め、尾形の突きの起こりをとらえようとしていた。

……突きの間合を読まねば。

と、沖山は思っていた。

尾形は、通常の斬撃の間合より遠間から仕掛けてくるはずである。飛び込みざま突きを放つと、上体がやや前に倒れ、両腕も肘《ひじ》の伸びた状態で前に突き出されるのだ。

そのため、間合が遠くても切っ先が敵の喉にとどく。

沖山は、尾形の初太刀の突きをかわせるかに勝負がかかっているとみていた。初太刀の突きをかわすためには、間合の読みが大事になる。

ふたりの間合がしだいに狭まってきた。気勢が高まり、斬撃の気がみなぎってくる。ふたりの間の緊張が高まり、時のとまったような感覚にとらわれる。

ふいに、尾形が寄り身をとめた。一足一刀の間境の一歩外である。突きを放つ間合からも遠い。

尾形の全身から痺《しび》れるような剣気が放たれ、いまにも突きを放ちそうな気配がある。

……この遠間から仕掛けるのか！

そう思った瞬間、沖山の剣尖《けんせん》がわずかに浮いた。心の揺れが、剣尖にあらわれたのである。

刹那《せつな》、尾形の全身に斬撃の気がはしり、体が膨れ上がったように見えた。

……くる！

沖山が察知した次の瞬間、

タアッ！

鋭い気合とともに、尾形の切っ先が稲妻のように沖山の喉元にはしった。

瞬間、沖山は身を引きながら、体をかたむけた。咄嗟に体が反応したのである。

首筋に疼痛《とうつう》がはしったが、かまわず、沖山は刀身を撥ね上げた。

キーン、という甲高《かんだか》い金属音がひびき、尾形の刀身が撥ね上がった。沖山が尾形の刀身をはじき上げたのである。

ふたりは、大きく間合をとってふたたび対峙した。

沖山の首筋に血の線がはしり、流れ出た血が赤い糸を引いて幾筋も肌をつたった。だが、浅く皮肉を裂かれただけだった。尾形が突きをはなった瞬間、沖山が体をかたむけたため、切っ先がそれて、首の皮膚を裂かれただけですんだのだ。

「うぬの突き、見切ったぞ」

次の突きはふせげる、と沖山は踏んだ。

「そうかな」

尾形が口元に嘲笑を浮かべたが、すぐに消えた。

沖山を見つめた双眸が切っ先のようにひかり、うすい唇が血を含んだように赤みを帯びている。気が昂り、紅潮しているのだ。まさに、剣鬼を思わせる形相である。

尾形はふたたび青眼に構え、切っ先を沖山の喉元につけた。

対する沖山は相青眼である。

ズッ、ズッ、と尾形が爪先で叢を分けながら間合をつめてきた。

沖山は動かず、気を鎮めて尾形の斬撃の起こりをとらえようとした。

しだいに、ふたりの間合がせばまり、気勢と斬撃の気が高まってくる。

と、ふいに尾形が寄り身をとめた。さきほどよりさらに遠く、斬撃の間境から一歩半ほど離れている。

……この間合からくる！

沖山は察知した刹那、刀身を振り上げた。

同時に尾形の全身に斬撃の気がはしり、体がふくれ上がったように見えた。

タアッ！

鋭い気合とともに体が躍動し、突きが放たれた。

が、切っ先が空《くう》でとまった。次の瞬間、切っ先が槍穂のようにくりだされた。

……二段突き！

察知した瞬間、沖山は裂帛《れっぱく》の気合を発し、振り上げた刀身を真っ向へ斬り込んだ。

シャッ、という音がし、二筋の閃光《せんこう》がふたりの眼前で交差した。

突きと真っ向。ふたりの刀身が、鎬《しのぎ》を擦《こす》り合い相手を襲う。沖山の手に皮肉を裂いた手応えがあった。同時に、左の肩先に焼き鏝《ごて》を当てられたような衝撃がはしった。

ふたりは交差し、間合をとって反転した。

ザックリ、と尾形の肩から胸にかけて裂けていた。一方、沖山の着物の左の肩先が裂け、肌に血の色があった。

尾形の傷は深かった。鎖骨が截断され、ひらいた傷口から血がほとばしり出ている。沖山の切っ先が尾形の肩口から入って胸部まで斬り裂いたのだ。

一方、沖山は浅手だった。真っ向へ斬り下ろした刀身が尾形の刀身と擦れて突きをそらせたため、肩先の皮肉を浅くえぐられただけで済んだのだ。

「お、おのれ！」

尾形の顔がゆがんだ。目をつり上げ、口をひらいて歯を剝き出している。

青眼に構えた切っ先が笑うように揺れていた。深い傷と興奮で、体が顫えているのだ。

「これまでだな」

沖山は勝負あったとみた。尾形は、まともに刀をふるうこともできないはずである。

「まだだ！」

叫びざま、尾形は大きく振りかぶった。

腰がふらついていた。両腕が大きく揺れている。肩口から胸にかけて血に染まり、赤い布をまとったようだ。

イヤアッ！

突如、尾形が獣の咆哮《ほうこう》のような叫び声を上げて斬り込んできた。

上段から真っ向へ。

ただ、上段から振り下ろしただけの斬撃だった。動きが遅く、太刀筋もまがっている。

タアッ！

沖山は短い気合を発し、横に跳びざま刀身を撥ね上げた。その切っ先が尾形の首筋を刎《は》ね、首筋から血が火花のように飛び散った。

尾形は血を撒《ま》きながら三間ほど前に泳いだが、足をとめて反転しようとした。そのとき、体が大きく揺れ、腰からくずれるように転倒した。

尾形は俯《うつぶ》せに倒れたまま動かなかった。かすかに四肢が痙攣《けいれん》しているだけである。

首筋から噴出した血が雑草のなかに流れ落ち、葉叢《はむら》を揺らしている。

沖山は血振《ちぶ》り（刀身を振って血を切ること）をくれ、大きく息を吐いた。昂った気を鎮めようとしたのである。

そこへ、八九郎と浜吉が駆け付けてきた。

「沖山、深手か？」

八九郎が沖山の肩口に目をむけて訊いた。

「かすり傷だ」

沖山は顔の返り血を手の甲でこすりながら、口元に苦笑いを浮かべた。

たしかに、深手ではなかった。まだ、傷口から出血していたが、それほどの量ではない。いずれ血もとまるだろう。

「それにしても、おそろしい突きだったな」

八九郎が言った。

「尾形が突きでくることは分かっていたので何とか斃《たお》せたが、そうでなければ、ここに横たわっているのは、それがしだったでしょう」

沖山の本心だった。尾形の突きは絶妙だった。突きでくることが、分かっていなかったら初太刀の突きをまともに喰《く》らっていただろう。

「こやつ、このままにもしておけんな」

八九郎が、尾形の死体に目をやった。このまま放置すれば、鴉《からす》や野犬の餌食《えじき》になるだろう。

「家に寝かせておくか」

沖山が言った。

「そうしよう」

八九郎たち三人で、尾形の死体を家のなかに運び込み、夜具の上に寝かせ、布団をかけてから外へ出た。こうしておけば、死体の発見を遅らせることもできるだろう。

陽は家並の上へ顔を出し、町筋を明るく照らしていた。遠近《おちこち》から、戸をあけしめする音や物売りの声などが聞こえてきた。江戸の町が動きだしたのである。

5

「山岸の屋敷を見張ってくれ」

八九郎が低い声で言った。

寅次一座の小屋の裏手だった。大川端に立って、八九郎、沖山、玄泉、浜吉の四人が川面に目をやりながら話していた。

沖山が尾形を仕留めてから四日経っていた。

昨日、おけいが寅次一座の小屋に姿を見せ、

「山岸が柳橋の与野屋《よのや》に姿を見せたようですよ」

と、八九郎に話した。

与野屋は柳橋でも名の知れた老舗の料理屋だった。このところ、おけいは柳橋に出かけて、一味の噂を集めていたのである。

「よく分かったな」

八九郎が訊いた。

「あたし、与野屋の女将《おかみ》と懇意にしてましてね。ときおり顔を出して、それとなく訊いてたんですよ。……一昨日のこと、山岸が供をひとり連れ、越田屋さんと飲んだらしいんです」

「越田屋というと、日本橋の呉服屋か」

「そうです。あるじと番頭さんのふたりが同席して、山岸たちとなにやら話していたようですよ」

「うむ……」

八九郎は、山岸たちが越田屋の弱みを握って金を強請ろうとしているのだろう、と思った。まだ、尾形が討ち取られたことは知らないらしい。死体を隠しておいたのが、よかったようだ。

「この後も、山岸は与野屋に姿を見せるかな」

「来るはずですよ。あたしも、そのことが気になって女将に訊くと、山岸が、また、来る、と言って帰ったそうですから」

「うむ……」

強請の掛合いの場に与野屋を使っているのだろう。

八九郎はおけいの話を聞き、

……与野屋の帰りを狙うか。

と思ったが、迷った。

町筋で山岸を襲って斬ると、山岸のかかわった事件を内密に処理するのがむずかしくなるのだ。

これまで、八九郎たちは山岸を討つために屋敷内を探っていた。その結果、屋敷への侵入はむずかしくないとみていた。

山岸家の屋敷は、門番を置かず門扉《もんぴ》の脇のくぐりから自由に出入りできるようになっていた。尾形やおらんなどが、門番の手をかけずに出入りできるようにしてあるのだろう。

ただ、山岸家の奉公人の数が思ったより多かった。近所の屋敷に奉公している中間から聞き込んだのだが、用人として林崎、それに若党がふたり、中間が四人、下女が三人、下働きの老爺がひとりいるという。奉公人たちは屋敷内の長屋に住み、下女は裏手の下女部屋で寝起きしているそうだ。また、山岸の妻子は屋敷の奥の間で暮らし、日中もあまり屋敷の外には出ないという。

これだけ奉公人や家族のいる屋敷に侵入し、斬り合いになったら大騒ぎになるだろう。表沙汰になったら、どう言い訳しようと八九郎たちは、盗賊とみなされるはずだ。

……やはり、屋敷の外か。

八九郎は、迷いをふっきるように心の内でつぶやいた。屋敷の外で山岸を討とうと腹をかためたのだ。おけいの話だと、都合のいいことに林崎もいっしょに与野屋へ来るらしい。

「嵐さま、あたしが、与野屋にしばらく住込みましょうか」

おけいが、女将に頼めば座敷女中として置いてくれるはずだ、と言い添えた。

「いや、いい。山岸家を見張ればすむことだ」

八九郎は、沖山、浜吉、玄泉の手を借り、山岸家を見張ろうと思った。

「いつ、与野屋に来るか分からないよ」

おけいが、心配そうな顔で言った。

「なに、そう長い先ではない」

山岸たちは、二、三日のうちに動くだろう、と八九郎はみた。山岸たちは、これまでも、ひとりの相手を長期間強請りつづけることはしていなかった。談判に来た者を殺すという強引な手を使ってでも、短期間でけりをつけていたのだ。強請が発覚して、町方に現場を押さえられるのを避けようとしたのだろう。

おけいが帰ると、八九郎はすぐに動いた。小屋にいた浜吉を沖山と玄泉の許に走らせ、ふたりを小屋に呼んだのだ。そして、三人を大川端に連れ出して、おけいが探ってきたことを話した上で、山岸の屋敷を見張るよう指示したのである。

「承知しやした」

浜吉が言うと、沖山と玄泉もうなずいた。

四人はふたりずつ交替で、山岸家を見張ることにした。また、料理屋に出かけるとすれば、午後からだろうと見当をつけ、それぞれ昼めしを食ってから錦小路に出かけることにした。

山岸家を見張るようになって三日目、山岸が動いた。その日、屋敷を見張っていたのは、沖山と玄泉だった。

まず、八ツ（午後二時）ごろ、ふたりの若党が屋敷を出た。沖山と玄泉は、若党を尾けなかった。後で分かったことだが、ふたりの若党は山岸に命じられて、越田屋に手紙をとどけたのである。

手紙には、山岸の名で、商いのことで相談したい、とだけ書いてあった。おそらく、証拠を残さぬために簡略に書いたのであろう。これまでの強請の掛合いで、越田屋のあるじとの間でもう一度会う約束が取り付けてあり、若党の持参した手紙は念押しのためだったようだ。

ふたりの若党が屋敷にもどるとすぐ、山岸が林崎を連れて屋敷を出た。

「玄泉、尾けるぞ」

沖山と玄泉は、山岸たちが一町ほど先に行ってから跡を尾け始めた。

尾行といっても楽だった。山岸たちの行き先が柳橋の与野屋であろうと予想できたからである。

屋敷を出た山岸たちは、錦小路を北にむかい、稲葉《いなば》長門守《ながとのかみ》の屋敷の前を右手にまがって昌平橋のたもとに出た。ふたりは昌平橋を渡ると、神田川沿いの通りを右手にまがった。その先が柳橋である。

そこまで見届けると、沖山が、

「玄泉、頭に知らせてくれ」

と、頼んだ。山岸たちが与野屋へ行くのはまちがいないとみたのである。

「承知した」

玄泉は昌平橋を渡らず、柳原通りを両国へむかった。寅次一座の小屋にいる八九郎に知らせるのである。

6

寅次一座の小屋の楽屋に、八九郎と浜吉、それに彦六の姿があった。彦六は出歩いてもさしさわりないほどに傷が癒《い》えたので、久し振りに浜吉といっしょに八九郎の許に顔を出したのである。

三人で話をしているところに、玄泉が駆け込んできた。

「頭、動いたぞ」

玄泉が小声で言った。小屋の者に話を聞かれないよう気を使ったらしい。

「山岸が、与野屋へむかったのか」

「そうだ。いま、沖山が尾けている」

「それで、ふたりか」

「山岸と林崎だ」

「よし、行くぞ」

八九郎は刀を手にして立ち上がった。それほど急ぐことはなかったが、やはり気がせいたのだ。

「旦那、あっしもお供しやすぜ」

彦六が、八九郎につづいて楽屋の外に出た。

「彦六、見てるだけだぞ」

八九郎が足をとめて念を押した。まだ、無理をすると、傷にさわるだろう。

「分ってまさァ」

彦六が苦笑いを浮かべた。

陽は西の家並の向こうに沈みかけていた。半刻（一時間）もすれば、暮れ六ツ（午後六時）だろうか。まだ、両国広小路は賑わっていた。それでも、日没を迎えて気がせくのか、足早に歩く者が多かった。

八九郎たちは柳橋を渡って大川端へ出た。川沿いの道を二町ほど川上にむかって歩き、左手の路地へ入ったところに与野屋はある。

沖山は路地の角にいた。そこはまだ大川端で、沖山は川岸の柳の陰に身を隠すようにして立っていた。そこから、与野屋の店先に目をやっていたようだ。

八九郎たちが沖山のそばに身を寄せると、

「ふたりは、店に入ったままだ」

沖山が小声で言った。

「ふたりだけか」

「すこし遅れて、大店《おおだな》の旦那と番頭らしい男が店に入った。越田屋のあるじたちとみたが、はっきりしない」

沖山は越田屋の主人と番頭の顔を知らなかったのだ。

「だれと密談していようとおれたちの狙いは、山岸と林崎だけだ。ただ、しばらく出てこないだろうな」

料理屋で飲むとなると、まず一刻（二時間）は、座敷に腰を落ち着けているだろう。

「頭、ふたりをどこで殺《や》る？」

玄泉が訊いた。

「神田川沿いか、それとも、錦小路に入ってからか。……できるだけ、人目につかぬところで、山岸家に近い方がいいな」

林崎はともかく、山岸の死体は人目に晒される前に屋敷の者に引き取らせたかった。山岸の死体が人目に晒され、騒ぎが大きくなれば、事件を内々に済ませることができなくなるからだ。そうなれば、下手人はだれかということになるし、下手をすれば遠山にも累が及ぶかもしれない。

「いっそのこと、錦小路の山岸の屋敷近くで待ち伏せたらどうだ？」

玄泉が言った。

「いいかもしれん」

錦小路は旗本屋敷のつづく通りで、夜になると、ほとんど人通りはなくなる。それに、夜になると旗本屋敷の門扉はしめられ、屋敷からの目もなくなるはずだ。かえって町人地の通りより、人目にふれずに済むかもしれない。

「そういうことなら、ここはおれと沖山とで見張る。頭たちは、昌平橋を渡った先で、待っていてくれ」

玄泉が言った。

「そうしよう」

いずれにしろ、八九郎は五人で店先を見張ることはないと思った。それに、大勢では人目に触れて不審をいだかれる恐れがある。

「ふたりが店を出たら、知らせてくれ」

そう言い置き、八九郎は浜吉と彦六を連れてその場を離れた。

八九郎たちは昌平橋を渡ると、八ツ小路に面した大名屋敷の築地塀の陰に身を隠した。

陽は沈み、八ツ小路は淡い暮色につつまれていた。まだ、人影はあったが、まばらである。日中の賑やかさからみれば、嘘のように静かだった。

「しばらく、待たねばならんな」

八九郎は、山岸たちが与野屋を出るのは、五ツ（午後八時）ちかくになってからだろうとみていた。

「嵐の旦那、おらんはどうしやす」

彦六が訊いた。

「小暮に、捕《と》ってもらうつもりだ」

すでに、おらんのことは小暮に話してあった。ただ、隠れ家に踏み込んでおらんを捕縛するのは、八九郎たちが山岸たちを始末してからということになっていた。おらんを捕縛したことが、山岸たちに知れると、逃走される恐れがあったからである。

「それなら、山岸たちを討てば片がつきやすね」

彦六の口元に、満足そうな笑みが浮いた。

「片をつけるためにも、山岸と林崎をここで仕留めねばならんな」

八九郎は、小声だが重みのある声で言った。

それから、一刻（二時間）ほど経ったろうか。

昌平橋を小走りに渡ってくる人影が見えた。月光に、坊主頭の町医者ふうの格好をした男が照らし出された。

「玄泉さんだ」

浜吉が声を上げた。

橋を渡ってくるのは、玄泉ひとりである。

八九郎たちは、急いで築地塀の陰から出て、玄泉の方へ走った。

「か、頭、やつらが来る！」

玄泉が荒い息を吐きながら言った。

「沖山はどうした」

「お、沖山は、ふたりを尾けている。……おれが、先まわりしたのだ」

「よし、錦小路で待とう」

八九郎たちは、すぐに動いた。錦小路の山岸家の近くで、山岸と林崎を待ち伏せるのである。

7

そこは、山岸家から一町ほど離れた旗本屋敷の築地塀の前だった。

八九郎、玄泉、彦六、浜吉の四人は、塀際の闇の深い場所に身を隠していた。通りの両側は旗本屋敷の築地塀で、近くに表門もなかった。凝《じっ》としていれば、すぐ前を通っても気付かれないだろう。

旗本屋敷から洩《も》れてくる灯《ひ》もなく、物音も人声もしなかった。辺りは深い静寂《しじま》につつまれている。

しばらくすると、通りの先で足音が聞こえた。月光のなかに、かすかに黒い人影が識別できた。

ふたり。武士体である。羽織袴姿で二刀を帯びている。

「来たぞ！」

玄泉が声を殺して言った。

人影はしだいに近付いてくる。足音が大きくなり、黒い人影がはっきりしてきた。前を歩いてくる男が、中背で痩身だった。背後にしたがっている男は大柄でどっしりした感じがある。

前の男が山岸で、従っている男が林崎であろう。八九郎は、ふたりの顔は見ていなかったが、これまでの聞き込みでふたりの風貌や体軀は耳にしていたのである。

「頭、後ろから沖山が」

玄泉が八九郎に身を寄せて言った。

ふたりの後方に、かすかに人影が見えた。まだ遠く、男なのか女なのかも分からないが、沖山とみていいだろう。

八九郎は、山岸たちふたりが十間ほどの距離に迫ったとき、ゆっくりと通りへ出た。玄泉が背後につづいた。彦六と浜吉は沖山の背後にまわって、ふたりの逃走を防ごうとするはずである。

「な、なにやつ！」

痩身の男が甲高い声を上げて、足をとめた。月明りのなかに、のっぺりした顔が青白くひかり、細い目がつり上がっていた。

「影与力、嵐八九郎」

八九郎は名乗った。ここまでくれば、名を隠すことはなかったのである。

背後にいた大柄な男が、八九郎の前に走り出て、

「こやつ、われらのことを探っていた牢人者ではないのか」

と、胴間声で言った。

八九郎を見すえた双眸が、夜陰のなかで底びかりしている。剣の遣い手らしいどっしりした腰をしていた。身構えた姿にも、隙がない。

「林崎、こやつを斬れ！」

痩身の男が、ひき攣《つ》ったような声を上げて後じさった。

そのとき、背後から走り寄る足音がひびき、沖山が迫ってきた。すぐ後ろに彦六と浜吉がまわり込む。

「は、林崎、後ろからも来た……」

痩身の男が、身を顫わせて言った。

「待ち伏せか！……山岸さま、こうなったら斬りぬけるしかありませんぞ」

言いざま林崎は抜刀し、背を旗本屋敷の築地塀にむけた。背後からの攻撃を避けようとしたようだ。

山岸は林崎の左手にまわり込むと、恐る恐る刀を抜いた。多少剣の心得もあるようだが、腰が引け、隙だらけだった。

「ふたりとも、おれたちが冥途《めいど》へ送ってやる」

八九郎は刀を抜いた。まちがいなく、山岸と林崎である。

沖山は林崎の左手に立ち、切っ先を林崎にむけていた。玄泉、彦六、浜吉の三人は身を引いている。この場は八九郎と沖山にまかせる気らしく、ふところに忍ばせてきた十手や匕首《あいくち》を手にしなかった。

八九郎は切っ先を山岸にむけ、

「山岸綾之助、旗本の身でありながら卑劣な手で商家から金を強請り取るとは、何ともあきれたものだ。……恥を知れ！」

めずらしく、八九郎の声には叱責するようなひびきがあった。

「うぬらの知ったことではないわ」

山岸が切っ先を八九郎にむけた。細い目が血走り、唇がピクピクと震えている。興奮と恐怖であろう。

「御尊父の蔵之助さまに、顔向けできまい」

八九郎が言った。

「なに……」

山岸の顔に驚愕の表情が浮いたが、すぐに消え、怒りとも憎しみともとれる表情があらわれた。八九郎に父の名を出されたからであろうか。

「蔵之助さまの功績や何の罪もない妻子のため、山岸の家名だけは残していただけるそうだ。おぬしは武士らしく、ここで腹でも切ったらどうだ」

八九郎は山岸に腹を切る覚悟があれば、介錯してやってもいいと思っていた。

「笑止、腹など切るか」

山岸の顔付きが変わってきた。のっぺりした顔が血の気が失せたように蒼ざめ、八九郎を見すえた目が据わっている。体の顫えがとまり、身辺にひらきなおったようなふてぶてしさがあらわれた。

「この世は、浮世《うきよ》よ。おもしろおかしく生きることが、なぜ悪い」

山岸が口元に嘲笑を浮かべて言った。蒼ざめた能面のような顔に、虚無と残忍さを思わせるような表情が浮いていた。

「ならば、浮世の果てを見せてやろう」

八九郎は、山岸に狂気を感じた。

斬るしかない、と思った。

八九郎はゆっくりと刀身を上げ、八相に構えた。山岸の首を斬り落とすつもりだった。

八九郎の顔も豹変していた。ふだんの物憂そうな顔に朱が差し、双眸が燃えるようにひかっていた。八九郎の胸に、強い怒りが込み上げてきたのである。

「林崎、斬れ！　こやつを斬れ！」

山岸がひき攣ったような声を上げた。

その声で、林崎が八九郎の前にまわり込もうとしたとき、

「おぬしの相手は、おれだ」

沖山が前に出て立ちふさがり、切っ先を林崎にむけた。

8

「山岸、観念しろ」

八九郎は山岸の前に踏み込んだ。

「お、おのれ！」

山岸は目をつり上げ、切っ先を八九郎にむけた。

腰が引け、両腕で刀を前に突き出すように構えている。その刀身がワナワナと震え、月光を反射《はね》て青白くひかっている。

八九郎と山岸の間合は二間半ほどあった。まだ、首を打つ間合からは遠い。

八九郎がさらに踏み込もうとしたとき、突如、山岸が斬り込んできた。

エエイッ！

甲走《かんばし》った気合を発し、振りかぶりざま真っ向へ。気攻めも牽制もない唐突な仕掛けだが、捨て身の斬撃だった。窮鼠《きゆうそ》の一撃といっていい。

次の瞬間、甲高い金属音がひびき、山岸の刀身が空を切って流れた。

八九郎は腰を沈めながら八相から刀身を撥ね上げ、山岸の斬撃を受け流したのだ。

勢い余った山岸が、上体を前に倒してつんのめるように泳いだ。

タアッ！

八九郎が鋭い気合を発し、ふりかぶりざま斬り下ろした。神速の太刀捌《さば》きである。

刀の物打《ものう》ちが、山岸の首筋をとらえた。物打ちは切っ先から三寸ほど下で、截断に際して主に使われる部分である。

にぶい骨音がし、山岸の首が垂れさがった。喉皮一枚残して、截断されたのだ。と、山岸の首根から血が赤い帯のようにはしった。首の血管《ちくだ》から奔騰《ほんとう》した血は赤い筋をひいて前に飛び、それが赤い帯のように見えたのだ。

山岸の首のない体が、前に沈み込むようにゆっくりと倒れた。

そのまま俯せに転倒した山岸は、ほとんど動かなかった。手足をかすかに痙攣させただけである。

首根からの血は心ノ臓の鼓動に合わせて、二、三度勢いよく噴出したが、すぐに流れ出るだけになった。山岸の首のまわりに飛び散った血が、地面を赤い布を敷いたように染めていた。

顔は横を向いたまま夜陰のなかに細い目をひらいている。

八九郎は沖山に目を転じた。

沖山と林崎は、およそ三間の間合を取って対峙していた。

沖山は青眼、林崎は八相である。すでに、何合か切り結んだと見え、沖山の着物の肩先が裂けていた。ただ、血の色はない。

一方、林崎の右手の甲にかすかな血の色があった。こちらも浅手で、切っ先がかすめただけのようである。

……林崎も、なかなかの遣い手だ。

と、八九郎はみていた。

どっしりと腰の据わった隙のない構えだった。八相は木の構えとも呼ばれるが、まさに大樹のような構えである。おそらく、林崎と向き合うと、その構えに覆いかぶさってこられるような威圧を覚えるだろう。

八九郎は、沖山の脇へ歩を寄せた。

「頭、手出し無用でござる」

沖山は林崎を見すえたまま言った。

沖山はひとりの剣客として、林崎と勝負を決する気のようだ。

八九郎は身を引いた。ここは、沖山にまかせるしかなかった。

その八九郎の動きと合わせるように、沖山が趾《あしゆび》を這《は》うようにさせて、ジリジリと間合をせばめ始めた。青眼に構えた切っ先が、ピタリと林崎の目線につけられている。体が動いても切っ先の揺れはまったくなかった。林崎は剣尖で目を突かれるような威圧を感じているはずだ。

だが、林崎は動かなかった。腰を据え、どっしりと構えている。

お互いの間合がせばまるにつれ、ふたりの全身に気勢が満ち、しだいに剣気が高まってきた。

ふと、沖山が寄り身をとめた。右足が一足一刀の間境にかかっている。

ふたりは動かなかった。斬撃の気配を見せ、気魄《きはく》で攻め合っている。気の攻防である。

痺れるような剣気がふたりをつつんでいる。

チリ、と爪先で音がした。林崎が爪先で小石を踏んだのだ。その音が、張りつめた静寂を切り裂いた。

次の瞬間、ふたりの全身に斬撃の気がはしった。

タアッ！

トオッ！

鋭い気合とともに、ふたりの体《たい》が躍った。

刹那、二筋の閃光がはしった。

林崎の切っ先が八相から袈裟へ。

間髪をいれず、沖山の切っ先が青眼から真っ向へ。

ほぼ同時に、ふたりは斬り込んだのだ。甲高い金属音がひびき、ふたりの眼前で青火が散った。

ふたりの刀身が合致し、動きがとまった。鍔迫《つばぜ》り合《あ》いである。ふたりは刀身を立てて押しながら睨み合った。

が、鍔迫り合いはほんの数瞬だった。沖山が刀身を強く押し、林崎が押し返そうと腕に力をこめた瞬間をとらえ、沖山がパッと後ろに跳んだ。

同時に、沖山は籠手《こて》へ斬り下ろした。一瞬の太刀捌きである。

林崎の右の前腕の肉が裂けた。

一瞬、ひらいた肉の間から骨が覗いたが、ほとばしり出た血で、すぐに腕は血まみれになった。血が赤い筋を引いて流れ落ちている。

ふたりは大きく間合を取って、ふたたび対峙した。

「お、おのれ！」

林崎の顔がゆがんだ。眉の太いいかつい顔が、憤怒で赭黒《あかぐろ》く染まっている。

青眼に構えた林崎の刀身が、ピクピクと震えた。右手の深手で、柄《つか》を握った手が震えているのだ。

沖山は間を置かずに仕掛けた。青眼に構えて切っ先を林崎の目線につけると、摺《す》り足で一気に間合をつめた。

沖山が斬撃の間境に迫ると、いきなり林崎が仕掛けてきた。唐突な仕掛けである。腕に深手を負ったことで、浮き足立ったのだ。

タアリャッ！

甲高い気合を発し、踏み込みざま斬り込んできた。

青眼から袈裟へ。

刀身が夜陰にきらめき、右腕を染めた血が飛んだ。果敢だが、敵をくずしてからの仕掛けではなかった。捨て身の攻撃といっていい。

沖山には、林崎の太刀筋がはっきりと見えた。沖山は、振り下ろされる林崎の刀身の下をくぐって刀を横に払った。払い胴である。

ドスッ、というにぶい音がし、林崎の上半身が前にかしいだ。そのままの体勢で林崎は前につっ込んだが、足を踏ん張って立ちどまった。

だが、林崎は反転せず、左手で腹を押さえてつっ立っていた。腹が横にえぐられ、指の間から臓腑が覗いていた。着物の腹部が蘇芳色《すおういろ》に染まっている。

林崎は獣の唸るような低い声を洩らしていたが、いっときすると膝を折り、その場にうずくまった。

「とどめを刺してくれる」

沖山は林崎の背後に近付くと、心ノ臓を狙って背中から切っ先を突き刺した。

グッ、と喉のつまったような呻き声を上げ、林崎は上体をそらした。そして、ゆっくりとした動きで前につっ伏した。

沖山が刀を抜くと、林崎の背から血が奔騰した。心ノ臓を突き刺したらしい。林崎は呻《うめ》き声も洩らさなかった。わずかに、首をもたげようとしたが、すぐに顔を地面につけて動かなくなった。絶命したようである。

林崎の背から流れ出た血が、大柄な体を赤く染めていく。

「見事だな」

八九郎が沖山に歩を寄せて声をかけた。

「この男、尾形ほどの腕ではない」

沖山がくぐもった声で言った。顔がかすかに赤みを帯び、目が異様なひかりを宿していた。真剣勝負の昂りで、血が滾《たぎ》っているのである。

そこへ、玄泉たち三人が走り寄ってきた。

「いやァ、見事な立ち合いだ。おれたちが手を出す隙もなかったぞ」

玄泉が興奮した声で言った。彦六と浜吉も目をひからせている。端《はた》で見ていた玄泉たちも、真剣勝負に引き込まれ戦いにくわわっているような気になっていたのであろう。

「この死体を片付けたい。手を貸してくれ」

八九郎が言った。

山岸と林崎の死体を、山岸家の門のなかへ移したかった。そうすれば、他人の目に触れずに済むだろう。

八九郎たちは、五人でふたりの死体を山岸家の門前まで運んだ。

門扉の脇のくぐり戸を押すと、簡単にあいた。山岸たちが屋敷に帰るためもあって、あけたままにしてあったのだろう。

八九郎たちは、くぐり戸からふたりの死体を門内に運び入れた。

「これでよし」

八九郎たちは足早に門前から離れた。

五人は錦小路を小走りに昌平橋の方へむかった。錦小路の両側につづく旗本屋敷は夜陰のなかに黒く沈み、洩れてくる灯《ひ》もなくひっそりと夜の帳につつまれていた。

丸い月が五人の姿を照らし、足元に落ちた影がはずむようについていく。

9

さわやかな川風が流れ込んでいた。

あけられた障子の向こうに、大川の川面がひろがっている。晩春の陽射しをあびた川面が、黄金色にひかりながらゆったりと流れている。その川面を客を乗せた猪牙舟が眩《まばゆ》いひかりにつつまれ、船影を揺らしながら下っていく。

八九郎は柳橋にある笹嘉《ささよし》という料亭にいた。同席しているのは、遠山と武藤である。

三日前、武藤が奉行所に顔を出した八九郎に、笹嘉に来るようにとの遠山の指示を伝えたのである。

笹嘉は大きな店ではなかったが、柳橋でも名の知れた老舗で、料理が旨《うま》いことで知られていた。客筋は富商や大身の旗本などが多く、遠山も笹嘉を馴染みにしていた。もっとも、町奉行に就任してからは多忙をきわめ、笹嘉に足を運んでくることは滅多になかった。遠山としても、今日は久し振りに出向いたのである。

「遠慮することはないぞ。お奉行はそこもとの慰労だと言っていたが、ご自分でも久し振りに息抜きされたいらしいのだ」

武藤は、口元に笑みを浮かべながら言い添えた。

「八九郎、ごくろうだったな」

遠山が銚子を取って、八九郎の杯に酒をついでやった。

「畏《おそ》れいります」

八九郎は恐縮して酒を受けた。

「八九郎、山岸家も何とかつぶされずに済みそうだぞ。縁戚の者が動いてな、綾之助は病死として届け出たようだ」

「それは、なりよりでございます」

「幕閣もことさら事件を公にして、幕府の威光に疵《きず》をつけるようなことはなさるまい」

遠山はそう言って、うまそうに杯を干した。

「南部さまや、細川さまはどうなりました」

南部家と細川家は被害者だが、事件が露見すると身内の恥を晒すだけでなく、下手をすると役職をつづけられなくなる恐れがあるのだ。

「南部家と細川家のことは、あえて詮議しないつもりだ。公儀が問題視することもないだろう」

遠山がそう言うと、かたわらにいた武藤が、

「お奉行の思いどおり、ことは運んでおるのだ」

と、小声で言い添えた。

「ところで、辰蔵とおらんはどうなりましょうか」

八九郎が訊いた。

八九郎たちが、錦小路で山岸と林崎を斬った翌日、小暮が何人かの捕方を連れておらんの隠れ家を襲い、お縄にしていた。

その後、おらんは大番屋で、吟味方与力の吟味を受けた。当初、おらんはしらを切っていたようだが、辰蔵がすべて白状していることを知って、口をひらいたという。

もっとも、おらんの自白は、辰蔵の話とほとんど変わりはなかった。おらんと山岸のかかわりが、よりはっきりしただけである。

おらんと山岸が知り合ったのは、辰蔵をとおしてだった。当初、おらんは辰蔵の情婦《いろ》だったらしい。辰蔵に誘われて山岸家へ出入りするうち、山岸とねんごろになったようだ。

辰蔵はおらんが山岸の情婦になったことに、それほど関心をしめさなかったとい

う。辰蔵が山岸家へおらんを連れていくようになったころ、すでにふたりの関係は冷めていたからである。むしろ、辰蔵には、おらんを譲ることで山岸に恩を売って取り入りたいという思惑があったらしい。

それに、おらんと山岸の結び付きは、男女関係だけではなかった。おらんは強請一味のひとりとして、男を誑《たぶら》かす大事な役割を担っていたのである。当然、おらんは仲間として山分けの金も手にしていたのだ。

「辰蔵もおらんも、死罪はまぬがれられまい」

遠山は眉宇《びう》を寄せて言った。

死罪以上は、奉行の一存で決めるわけではなかった。死罪以上と認められる場合は、奉行が調書を添えて老中に差し出す。老中が認めれば、さらに将軍に上申して認可を得てはじめて罪が決まるのだ。それでも、町奉行が死罪と決めて上申すれば、ほとんどの場合、それが通る。

そうしたこともあって、遠山の胸の内には、死罪と決めることに一抹の心苦しさがあるのだろう。

遠山が口をとざすと、座は沈黙につつまれた。三人の男は杯をかたむけたり、膳の料理に箸をつけたりしている。

ただ、重苦しい雰囲気ではなかった。事件がうまく解決した後だったし、障子の間からは、さわやかな春の風が流れ込んでいたからである。

「八九郎」

遠山が声をかけた。

「そちの歳だが、いくつになるな」

「二十五歳にございます」

八九郎は怪訝《けげん》な顔をした。いきなり、遠山が歳など訊いたからである。

「放蕩もいいが、怠惰な暮らしは身を持ちくずす因《もと》となるな」

「いかさま」

八九郎は、遠山が山岸のことを言ったのだと思った。

「おれもそうだったが、おまえも似ておるぞ」

遠山が急にくだけた物言いになった。

「…………」

「おまえのずぼらな姿を見てみろ。若いころのおれよりひどい」

遠山が顔をしかめた。

八九郎は返答のしようがなかった。遠山の言うとおりである。総髪で、無精髭が伸びていた。おまけに、小袖や袴はよれよれで、どうみても町奉行の内与力らしからぬ風体だった。

「やはり、早く身をかためねばならんな」

遠山の口元に笑みが浮いた。

「…………」

咄嗟に、八九郎は何のことか分からなかった。

「おれの知り合いにな、やさしい心根の娘がいる。歳は十八でな、器量もなかなかのものだぞ」

遠山が八九郎を見すえて言った。

「それがしは、まだ……」

縁談の話のようだ。八九郎は、まだ妻を娶《めと》る気はなかった。それに、市井での自由気儘《きまま》な暮らしが気に入っている。

「ともかく、会ってみろ。近いうちに、役宅に呼ぶからな」

遠山は本気らしかった。

「い、いえ、それがしは、まだその気がありません」

八九郎が慌てて言った。

「会えば、その気になる」

遠山が言うと、武藤まで身を乗り出してきて、嵐どの、早く身をかためた方がよろしいぞ、ともっともらしい顔をして言い添えた。

いつの間にか、事件のことから八九郎の縁談の話に変わり、座が急に盛り上がってきた。

了

本書は文庫書下ろし作品です

|著者|鳥羽 亮　1946年生まれ。埼玉大学教育学部卒業。'90年『剣の道殺人事件』で第36回江戸川乱歩賞を受賞。著書に『警視庁捜査一課南平班』や、『上意討ち始末』『秘剣 鬼の骨』『青江鬼丸夢想剣』『三鬼の剣』『隠猿《おぬざる》の剣』『浮舟の剣』『風来の剣』『影笛の剣』『波之助推理日記』など多くの時代小説シリーズがある。

浮世《うきよ》の果《は》て　影与力嵐八九郎《かげよりきあらしやくろう》

鳥羽《とば》 亮《りよう》

講談社文庫

定価はカバーに
表示してあります

2010年5月14日第1刷発行

発行者――鈴木　哲
発行所――株式会社　講談社
東京都文京区音羽2-12-21　〒112-8001
電話　出版部（03）5395-3510
　　　販売部（03）5395-5817
　　　業務部（03）5395-3615

Printed in Japan

デザイン―菊地信義
本文データ制作―講談社プリプレス管理部
印刷―――豊国印刷株式会社
製本―――株式会社若林製本工場

ISBN978-4-06-276663-0

講談社文庫刊行の辞

二十一世紀の到来を目睫に望みながら、われわれはいま、人類史上かつて例を見ない巨大な転換期をむかえようとしている。

世界も、日本も、激動の予兆に対する期待とおののきを内に蔵して、未知の時代に歩み入ろうとしている。このときにあたり、創業の人野間清治の「ナショナル・エデュケイター」への志を現代に甦らせようと意図して、われわれはここに古今の文芸作品はいうまでもなく、ひろく人文・社会・自然の諸科学から東西の名著を網羅する、新しい綜合文庫の発刊を決意した。

激動の転換期はまた断絶の時代である。われわれは戦後二十五年間の出版文化のありかたへの深い反省をこめて、この断絶の時代にあえて人間的な持続を求めようとする。いたずらに浮薄な商業主義のあだ花を追い求めることなく、長期にわたって良書に生命をあたえようとつとめるところにしか、今後の出版文化の真の繁栄はあり得ないと信じるからである。

同時にわれわれはこの綜合文庫の刊行を通じて、人文・社会・自然の諸科学が、結局人間の学にほかならないことを立証しようと願っている。かつて知識とは、「汝自身を知る」ことにつきていた。現代社会の瑣末な情報の氾濫のなかから、力強い知識の源泉を掘り起し、技術文明のただなかに、生きた人間の姿を復活させること。それこそわれわれの切なる希求である。

われわれは権威に盲従せず、俗流に媚びることなく、渾然一体となって日本の「草の根」をかたちづくる若く新しい世代の人々に、心をこめてこの新しい綜合文庫をおくり届けたい。それは知識の泉であるとともに感受性のふるさとであり、もっとも有機的に組織され、社会に開かれた万人のための大学をめざしている。大方の支援と協力を衷心より切望してやまない。

一九七一年七月

野間省一

李良枝

刻

解説＝リービ英雄　年譜＝編集部

若くして亡くなった女性作家は、日本では韓国人の血にわだかまり、韓国では日本人化した感性に悩んだ。二つの国、二つの言語に苦闘し生きた意志と魂の長篇小説。

978-4-06-290086-7
い－2

青山光二

青春の賭け　小説織田作之助

解説＝高橋英夫　年譜＝久米勲

戦後の混乱を体現するかのように激しく生きた織田作之助。出会いから壮絶な死まで迫真の筆致で描く。〈最後の無頼派〉青山光二が親友とその時代に捧げたオマージュ。

978-4-06-290085-0
あT1

吉田健一

文学の楽しみ

解説＝長谷川郁夫　年譜＝藤本寿彦

自由な姿勢と、鋭い感性を駆使し、古今東西の文学作品に親しんだ著者が、生きた言葉に出会う喜び、本を読むことの楽しみに読者を誘う。大人のための文学案内。

978-4-06-290087-4
よD17

南里征典　秘宴の紋章
中島らも　しりとりえっせい
中島らも　今夜、すべてのバーで
中島らも　白いメリーさん
中島らも　寝ずの番
中島らも　さかだち日記
中島らも　バンド・オブ・ザ・ナイト
中島らも　休みの国
中島らも　異人伝 中島らものやり口
中島らも　空からぎろちん
中島らも　僕にはわからない
中島らも　中島らものたまらん人々
中島らも 編著　なにわのアホぢから
中島らもほか　輝きの一瞬〈短くて心に残る30編〉
中島らも チチ松村　らもチチ わたしの半生〈青春篇〉〈中年篇〉
鳴海章　ニューナンブ
鳴海章　街角の犬
鳴海章　えれじい
中嶋博行　検察捜査

中嶋博行　違法弁護
中嶋博行　司法戦争
中嶋博行　第一級殺人弁護
中嶋博行　ホカベン ボクたちの正義
中村天風　運命を拓く〈天風瞑想録〉
夏坂健　ナイス・ボギー
中場利一　岸和田のカオルちゃん
中場利一　バラガキ〈土方歳三青春譜〉
中場利一　岸和田少年愚連隊
中場利一　岸和田少年愚連隊 血煙り純情篇
中場利一　岸和田少年愚連隊 望郷篇
中場利一　岸和田少年愚連隊 外伝
中場利一　岸和田少年愚連隊 完結篇
中場利一　純情ぴかれすく〈その後の岸和田少年愚連隊〉
中場利一　スケバンのいた頃
中山可穂　感情教育
中山可穂　マラケシュ心中
中村うさぎ 倉田真由美　うさたまのいい女になるっ！〈暗夜行路対談〉
中山康樹　リッスン〈ジャズとロックと青春の日々〉

中山康樹　ビートルズから始まるロック名盤
永井するみ　防風林
永井するみ　ソナタの夜
永井隆　ドキュメント 敗れざるサラリーマンたち
中島誠之助　ニセモノ師たち
梨屋アリエ　でりばりぃAge
梨屋アリエ　ピアニッシシモ
梨屋アリエ　プラネタリウム
中原まこと　いつかゴルフ日和に
中島京子　FUTON
中島京子　イトウの恋
中島京子　均ちゃんの失踪
奈須きのこ　空の境界(上)(中)(下)
中島かずき　髑髏《どくろ》城の七人
内藤みか 尾谷幸憲　LOVE※〈ラブコメ〉
永田俊也　落語娘
中村彰彦　名将がいて、愚者がいた
中村彰彦　知恵伊豆と呼ばれた男〈老中松平信綱の生涯〉
長野まゆみ　簞笥のなか

講談社文庫　目録

長嶋　有　夕子ちゃんの近道
永嶋恵美　転　落
中川一徳　メディアの支配者(上)(下)
永井　均 内田かずひろ 絵　子どものための哲学対話
なかにし礼　戦場のニーナ
中路啓太　火ノ児の剣
西村京太郎　天使の傷痕
西村京太郎　D機関情報
西村京太郎　殺しの双曲線
西村京太郎　名探偵が多すぎる
西村京太郎　ある朝　海に
西村京太郎　脱　出
西村京太郎　四つの終止符
西村京太郎　おれたちはブルースしか歌わない
西村京太郎　名探偵も楽じゃない
西村京太郎　悪への招待
西村京太郎　名探偵に乾杯
西村京太郎　七人の証人
西村京太郎　ハイビスカス殺人事件

西村京太郎　炎の墓標
西村京太郎　特急さくら殺人事件
西村京太郎　変身願望
西村京太郎　四国連絡特急殺人事件
西村京太郎　午後の脅迫者
西村京太郎　太陽と砂
西村京太郎　寝台特急あかつき殺人事件
西村京太郎　日本シリーズ殺人事件
西村京太郎　L特急踊り子号殺人事件
西村京太郎　寝台特急「北陸」殺人事件
西村京太郎　オホーツク殺人ルート
西村京太郎　行楽特急《ロマンスカー》殺人事件
西村京太郎　南紀殺人ルート
西村京太郎　特急「おき3号」殺人事件
西村京太郎　阿蘇殺人ルート
西村京太郎　日本海殺人ルート
西村京太郎　寝台特急六分間の殺意
西村京太郎　釧路・網走殺人ルート
西村京太郎　アルプス誘拐ルート

西村京太郎　特急「にちりん」の殺意
西村京太郎　青函特急殺人ルート
西村京太郎　山陽・東海道殺人ルート
西村京太郎　十津川警部の対決
西村京太郎　南神威島
西村京太郎　最終ひかり号の女
西村京太郎　富士・箱根殺人ルート
西村京太郎　十津川警部の困惑
西村京太郎　津軽・陸中殺人ルート
西村京太郎　十津川警部C11を追う
西村京太郎　越後・会津殺人ルート〈追いつめられた十津川警部〉
西村京太郎　華麗なる誘拐
西村京太郎　五能線誘拐ルート
西村京太郎　シベリア鉄道殺人事件
西村京太郎　恨みの陸中リアス線
西村京太郎　鳥取・出雲殺人ルート
西村京太郎　尾道・倉敷殺人ルート
西村京太郎　諏訪《すわ》・安曇野《あずみの》殺人ルート
西村京太郎　哀しみの北廃止線

講談社文庫　目録

講談社文庫　目録

講談社文庫　目録

A・ネルソン　「ネルソンさん、あなたは人を殺しましたか？」
野村　進　コリアン世界の旅
野村　進　救急精神病棟
法月綸太郎　雪　密　室
法月綸太郎　誰《たそ》彼《がれ》
法月綸太郎　頼子のために
法月綸太郎　ふたたび赤い悪夢
法月綸太郎　法月綸太郎の冒険
法月綸太郎　法月綸太郎の新冒険
法月綸太郎　法月綸太郎の功績
法月綸太郎　新装版　密閉教室
乃南アサ　鍵
乃南アサ　ラ　イ　ン
乃南アサ　窓
乃南アサ　不　発　弾
乃南アサ　火のみち　(上)(下)
野口悠紀雄　「超」勉　強　法
野口悠紀雄　「超」勉強法・実践編
野口悠紀雄　「超」発　想　法

野口悠紀雄　「超」英　語　法
野沢　尚　破線のマリス
野沢　尚　リ　ミ　ッ　ト
野沢　尚　呼《よ》人《ひと》
野沢　尚　深　紅
野沢　尚　砦　な　き　者
野沢　尚　魔　笛
野沢　尚　ひ　た　ひ　た　と
野沢　尚　ラストソング
野口武彦　幕　末　気　分
のり・たまみ　2階でブタは飼うな！〈日本と世界のおかしな法律〉
野崎　歓　赤ちゃん教育
野中　柊　ひな菊とペパーミント
半村　良　飛雲城伝説
原田泰治　わたしの信州
原田泰治・原田武雄　泰　治　が　歩　く〈原田泰治の物語〉
原田康子　海　霧　(上)(中)(下)
林　真理子　星　に　願　い　を
林　真理子　テネシーワルツ

林　真理子　幕はおりたのだろうか
林　真理子　女のことわざ辞典
林　真理子　さ　く　ら、さ　く　ら〈おとなが恋して〉
林　真理子　みんなの秘密
林　真理子　ミスキャスト
林　真理子　ミ　ル　キ　ー
林　真理子・山藤章二　チャンネルの5番
原田宗典　ス　メ　ル　男
原田宗典　私は好奇心の強いゴッドファーザー
原田宗典・文　かとうゆめこ・絵　考えない世界
馬場啓一　白洲次郎の生き方
馬場啓一　白洲正子の生き方
林　望　帰らぬ日遠い昔
林　望　リンボウ先生の書物探偵帖
帚木蓬生　アフリカの蹄《ひづめ》
帚木蓬生　アフリカの瞳
帚木蓬生　空　夜
帚木蓬生　空　山
坂東眞砂子　道祖土《さいど》家の猿嫁

坂東眞砂子　梟首《きょうしゅ》の島 (上)(下)
花村萬月　皆月
花村萬月　惜春
花村萬月　空は青いか〈萬月夜話其の一〉
花村萬月　犬でわるいか〈萬月夜話其の二〉
花村萬月　草《くさ》臥《ぶ》し日記〈萬月夜話其の三〉
林　丈二　犬はどこ?
林　丈二　路上探偵事務所
原口純子と中華生活ウォッチャーズ　踊る中国人
はにわきみこ　たまらない女
畑村洋太郎　失敗学のすすめ
遙　洋子　結婚しません。
遙　洋子　いいとこどりの女
花井愛子　ときめきイチゴ時代〈ティーンズハートの1987~1997〉
はやみねかおる　そして五人がいなくなる〈名探偵夢水清志郎事件ノート〉
はやみねかおる　亡霊《ゴースト》は夜歩く〈名探偵夢水清志郎事件ノート〉
はやみねかおる　消える総生島〈名探偵夢水清志郎事件ノート〉
はやみねかおる　魔女の隠れ里〈名探偵夢水清志郎事件ノート〉
はやみねかおる　踊る夜光怪人〈名探偵夢水清志郎事件ノート〉
はやみねかおる　機巧館《からくりやかた》のかぞえ唄〈名探偵夢水清志郎事件ノート〉
はやみねかおる　ギヤマン壺の謎〈名探偵夢水清志郎事件ノート外伝〉
はやみねかおる　徳利長屋の怪〈名探偵夢水清志郎事件ノート外伝〉
橋口いくよ　アロハ萌え
服部真澄　清談　佛々堂先生
半藤一利　昭和天皇ご自身による「天皇論」
秦　建日子　チェケラッチョ!!
秦　建日子　SOKKI!〈人生には役に立たない特技〉
端田　晶　もっと美味しくビールが飲みたい!〈酒と酒場の耳学問〉
端田　晶　とりあえず、ビール!〈続・酒と酒場の耳学問〉
早瀬詠一郎　早《さ》烏《がらす》〈裏十手からくり草紙〉
早瀬詠一郎　つげの簪〈裏十手からくり草紙〉
早瀬　乱　三年坂　火の夢
初野　晴　1/2の騎士
平岩弓枝　花嫁の日
平岩弓枝　結婚の四季
平岩弓枝　わたしは椿姫
平岩弓枝　花祭
平岩弓枝　青の伝説
平岩弓枝　青の回帰 (上)(下)
平岩弓枝　青の背信
平岩弓枝　五人女捕物くらべ (上)(下)
平岩弓枝　はやぶさ新八御用帳(一)〈大奥の恋人〉
平岩弓枝　はやぶさ新八御用帳(二)〈江戸の海賊〉
平岩弓枝　はやぶさ新八御用帳(三)〈又右衛門の女房〉
平岩弓枝　はやぶさ新八御用帳(四)〈鬼勘の娘〉
平岩弓枝　はやぶさ新八御用帳(五)〈御守殿おたき〉
平岩弓枝　はやぶさ新八御用帳(六)〈春月の雛〉
平岩弓枝　はやぶさ新八御用帳(七)〈寒椿の寺〉
平岩弓枝　はやぶさ新八御用帳(八)〈春怨 根津権現〉
平岩弓枝　はやぶさ新八御用帳(九)〈王子稲荷の女〉
平岩弓枝　はやぶさ新八御用帳(十)〈幽霊屋敷の女〉
平岩弓枝　はやぶさ新八御用旅(一)〈東海道五十三次〉
平岩弓枝　はやぶさ新八御用旅(二)〈中仙道六十九次〉
平岩弓枝　はやぶさ新八御用旅(三)〈日光例幣使道の殺人〉
平岩弓枝　はやぶさ新八御用旅(四)〈北前船の事件〉
平岩弓枝　新装版　おんなみち (上)(中)(下)
平岩弓枝　極楽とんぼの飛んだ道〈私の半生、私の小説〉

2010年3月15日現在